KB183125

행복을 찾아 떠날
용기를 기대

2024년 11월

오늘은 _____ 행복하기로 해봤어요

오늘은 _____ 행복하기로 해봤어요

60만 구독자가 기다려온 독고독 첫 에세이

독고독 에세이

히읏

作
가
의
말

———

안녕하세요. 독고독입니다.
드디어 일 년 넘게 준비한 제 에세이가 세상에 나왔다니
너무 감격스럽습니다.

원래 유튜브를 통해 간간이 제가 평소 생각하는 것들이나
살아가고 있는 모습을 보여드리고 있었는데

어느 순간 많은 관심과 사랑을 받게 되어

오늘은
행복하기로 해봤어요

구독자 여러분들이 보시고 재밌고 행복해하실 만한
영상 위주로 만들게 된 것 같습니다.

그래서 한편으론 재밌지는 않더라도 잔잔하고 온전한
이준혁의 이야기를 하고 싶었는데
좋은 기회를 통해 제가 평소에 생각하는 것들이나
독고독이 아닌 이준혁의 이야기를
글로 적어 책으로 낼 수 있게 되었습니다.

사실 책을 내게 되면 '네가 뭔데 책을 내냐' 등
부정적인 반응이 나오지 않을까 수도 없이 걱정했지만

늘 그랬듯이
"해보고 싶으니까."
일단 한번 지르고 보겠습니다.

읽는 사람이 누가 되었든 나름의 의미로 해석되어
한 번이라도 더 웃을 수 있는 계기
조금이라도 더 힘을 낼 수 있는 계기가 된다면
그것보다 기쁜 일은 없을 것 같습니다.

대단하지도 훌륭하지도 않은
그저 23살 한 청년의 이야기이지만
재밌게 봐주셨으면 좋겠습니다.

감사합니다.
'오늘은' 모두 행복한 하루 보내세요.

독고독 드림.

오늘은
          행복하기로 해봤어요

1부

내가 옳고 당신이 옳다

3부 。

일상 속 작은 기쁨

일러두기 | 저자 고유의 글맛을 살리기 위해
표기와 맞춤법은 저자의 스타일을 따릅니다.

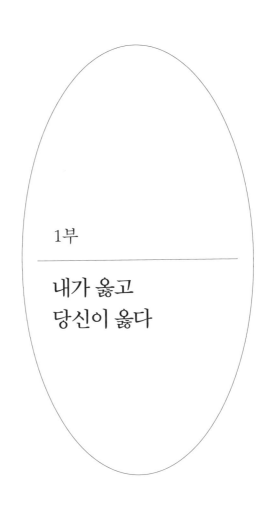

1부

내가 옳고
당신이 옳다

더
멀
리   더
오
래

아는 사람도 많지 않고 알리고 싶지도 않은 사실이지만,
사실 내게는 가끔씩 나만 읽는 글을 써두는 습관이 있다.
일 관련해서나 일상 관련해서 좋은 생각이 났다거나
옛날 일이 떠올랐다거나 오늘을 기억하고 싶을 때마다
핸드폰 메모장이나 노트북을 열어 일단 적고 보는 것이다.

가끔 내가 그러고 있는 모습을 목격한 사람들은 말한다.
네가 무슨 글이냐고. 책이라도 내고 싶은 거냐고.

당시엔 확신에 차서 아니라고 대답했지만, 어쩌다 보니
이렇게 실제로 책을 쓰게 될 줄은 꿈에도 몰랐다.

하지만 이런 출간을 목적으로 한 원고가 아니었더라도
계속 내 감정과 일상에 관한 글을 썼을 거라고 확신한다.
만약 글을 쓰는 습관이 없었다면 목소리를 남겨두거나
추억들을 사진으로 남겨두는 일을 즐겨 했을지도 모른다.

그게 어떤 형태가 됐든 순간의 감정과 추억을
기록하는 일만큼 중요한 일도 없다고 생각하기 때문이다.
그런 기록들이 쌓여서 결국 나를 만들어주기 때문이다.
그리고 가끔 나라는 사람이 어떤 모양으로 쌓여가는지를
나의 지난날을 되돌아보고 확인해봐야 하기 때문이다.
건물을 지을 때 중간마다 설계도나 진행 상황을
확인하지 않고 아무 생각 없이 쌓아 올리기만 하면
그 건물이 쉽게 위태로운 모양새가 되기도 하고
최악의 경우 무너져버리기도 하는 것처럼
내 오늘과 요즘은 어떤지, 앞으로는 어떨지를
내가 남긴 기록을 통해 들여다봐 줘야 하기 때문이다.

그러므로 예쁘고 멋지게 쓰는 재주가 있는 것도 아니고

알고 있는 표현도 기본적인 수준에 불과하지만
앞으로도 기록을 통해 어제를 돌아보며 지내고 싶다.

더 멀리 더 오래, 더 행복하게 살아갈 수 있게.

내가
옳고
당신이
옳다

어느 정도 사람들이 움직이는 대로 따라서 살아야 하는지
그게 아니라면 자기만의 방식대로 살아도 괜찮은지를
고민하는 사람이 세상엔 너무 많고 묻는 사람도 많다.
하지만 나 역시 인생을 다 살아본 것은 아니기 때문에
누구를 가르칠 처지는 절대 아니라고 생각한다.
하지만 그렇더라. 아닐 수도 있다는 생각에 하루만큼씩
실험하듯 더 살아봐도 내가 옳다는 확신만 더 생기더라.

어려서부터 나는 남들과는 다르게 생각하는 학생이었다.
친구들이 학교에서 열심히 공부하고 학원에 가서도
학업을 이어갈 때 난 만들고 싶었던 영상을 만들고
사업 계획서를 짜고 학교 공부에만 집중하기보다는
관심 있는 분야가 생기면 그 분야에 관해 공부했다.
남들이 미래를 위해 머리를 쥐어짤 때
나만큼은 오늘이 중요해 다른 생각을 했던 거다.

가고 싶은 곳이 생기면 여행을 시작했다.
대단한 것이 여행이 아니었다. 저 멀리에 보이는 건물이
무슨 회사가 쓰는 건물인지 또는 저 강 너머에는
무엇이 있을지가 궁금해지면 그때 여행은 시작되곤 했다.

스무 살 때쯤 동영상을 촬영하는 일을 시작했던 것도
남들이 경험 못 한 것들을 찾았다는 기쁨과 그것을 통해
세상의 주목을 받고 있다는 흥분을 끝없이 전해주었다.

걱정하는 시선도 많았다. 몇몇 친구는 보통의 사람들과
다른 나를 재수 없는 녀석이라고 여기기도 했고
회사 일을 오래 한 부모님 역시 자주 걱정을 하셨으니까.

하지만 그럼에도 불구하고 내가 매일 새로운 곳을 찾고
그곳에 가고 경험하지 못했던 것들을 경험하는 이유는
나의 '도전하는 습관'이 "네가 옳다"라는 잔잔하지만
분명한 응원을 내게 던져주고 있기 때문이다.

여행을 떠나는 일은 행복하다.
남들과 다른 생각을 하는 것은 행복하다.
나의 것을 만들어 뽐내는 일은 행복하다.
나의 지나온 흔적들을 응원으로 삼아 앞으로의 움직임에
확신을 주는 일은 더없이 행복한 일이다.

그러므로 나와 달리 걱정이 많고 자신의 미래와 꿈을
결정하지 못하는 사람이 있다면 말해주고 싶다.
우리 가끔은 너무 어렵게 생각하지는 말자고.
하고 싶은 것을 하는 일은 꽤 즐거운 일이고
가끔은 무모함이 큰 행복감을 선물해 주기도 한다고.

스스로의 결정을 책임질 수만 있다면
내 결정이 옳고 당신의 결정이 옳다고 말이다.

일단 움직이면 ── 확률은 생긴다

우리가 사는 도시에는 수없이 많은 건물이 있다.

그리고 당신도 한 번쯤은 그런 것을 궁금해했을 것이다.
창밖 저 멀리에 있는 건물은 누가 머무는 건물이며
무슨 일을 하는 건물일까? 라는 궁금증 말이다.

나는 학생일 때부터 그런 것들이 궁금한 사람이었다.
그날도 그랬다. 학교를 마치고 친구와 길을 걷다가

저 먼 곳까지 잘 내다보이는 탁 트인 공간을 마주했는데
문득 저 끝에 있는 높은 건물은 무엇을 하는 건물인지가
막연하게 궁금해지기 시작했다.

"저 건물은 뭘까? 궁금하지 않아? 한번 가볼래?"
나는 그 건물에 시선을 고정한 채로 친구에게 물었고
친구와 나는 그때부터 작은 여행을 시작했다.

조금만 걸으면 닿을 수 있을 것 같았던 건물은
두 시간을 걷고 나서야 닿을 수 있었고
이름만 대면 모두가 아는 기업의 건물이었지만
그곳을 향해 가면서 친구와 대화했던 것들,
저것은 무슨 건물일까, 어떤 사람이 있을까,
가는 길에는 어떤 풍경을 만날 수 있고 주변에는
어떤 가게들이 있을지와 같은 상상들은 그야말로
여행이 주는 것과 같은 설렘들이었다.

그리고 무엇보다 몸은 힘들었지만 그곳에 가지 않았다면
계속 남았을 찝찝함과 후회 없이 내가 직접 그곳을 향해
갔고, 보았고, 알았다는 사실이 나는 더없이 행복했다.

내가 옳고 당신이 옳다

한두 번 그런 게 아니었다. 지하철을 타고 가다가
좋아하는 예능 프로그램 무한도전에서 봤던 63빌딩이
눈에 들어오면 그 주변에 내려 찾아가 보기도 했고
너무 독특해서 남들은 엄두도 내지 못하는 특이한 가게나
특이한 음식들도 거리낌 없이 가보거나 경험하곤 했었다.

사고의 위험에 대해 심각하게 생각하지 않는 상태를
안전불감증이라고 부르는 것처럼
나에게는 무엇을 할 때도 웬만해선 걱정하지 않는
걱정불감증이라는 것이 있다는 생각을 자주 한다.

물론 좋기만 한 것은 아니다. 단점도 있다.
남들은 몇 달 전부터 계획하기도 하는 해외여행을
그날 아침에 눈을 떴을 때 떠나고 싶다는 이유 하나로
떠나는 나 같은 사람들은 계획 같은 걸 할 리가 없다.
지금 그 나라의 날씨가 어떤지 챙겨가야 할 것은 없는지
단 하나도 알아보지 않고 일단은 떠나는 것이다.

그 결과로 지독한 장마전선이 통과 중인 나라를 향해
제 발로 찾아 들어간 적도 한두 번이 아니었고
생각보다 신청 절차가 복잡했던 탓에

무언가를 경험하지 못하고 돌아와야 했던 적도 많았다.

'날씨? 당연히 좋겠지 뭐.'
'준비는 안 했지만 어떻게든 되겠지 뭐.'
라는 과감하고 즉흥적인 생각과 결정들이 늘 나에게
실패와 당혹스러움을 선물해주곤 하는 것이다.

하지만 내가 여전히 내 직감을 따르고 순간의 결정으로
하루하루를 보내고 있는 이유는 그러한 무모함들이
더 많은 경험과 행복을 내게 가져다주고 있기 때문이다.

독도 주변의 기상 상태는 한 시가 다르게 변해서
일 년 중 독도행 배를 띄울 수 있는 날이 많지 않다.
사람들이 독도로 향하지 않는 것도 그런 이유에서다.

하지만 독도에 가보고 싶다는 생각을 행동으로 옮기고
무작정 울릉도로 향했을 때, 그리고 마침 날씨가 좋아서
독도로 향하는 배에 다시 몸을 실었을 때 느껴졌던
마치 선물을 받은 것 같은 행복감과 설렘은
아마 영원히 내 가슴 속에서 사라지지 않을 것이다.

왜냐하면 그 경험과 기쁨은 내가 움직이지 않았다면
그러니까 걱정만 하다가 그저 포기해 버렸다면
절대 내 것이 되지 못했을 경험이었기 때문이다.

그래서 오늘도 움직인다. 일단 움직이면 확률은 생기니까.
물론 그 확률 속에 실패할 확률도 섞여 있을지 모르지만
내가 행복해질 수 있는 확률이 스며 있을지도 모르니까.

혹 좋지 않은 상황을 마주하거나 생각지 못한 것들이
내 발목을 잡는다고 해도 그것은 내가 내린 결정이고
다음을 살아갈 내게 크고 작은 가르침이 되어줄 테니까.

오
해
들

———

불특정 다수에게 노출되는 직업을 갖고 있다 보니
어쩔 수 없이 나에 관한 오해들이 많을 수밖에는 없다.

그리고 누군가가 나를 오해하거나 착각하기 시작하면
그 모든 오해를 풀기엔 훨씬 더 많은 해명이 필요해서
피곤한 마음에 보통은 그냥 오해하도록 두는 편이지만
한 번쯤은 깔끔하게 짚고 넘어가고 싶은 것들도 많기에
이 자리를 기회 삼아 이야기를 꺼내보려 한다.

내가 옳고 당신이 옳다

가장 많이 들은 말이 바로 '부모 잘 만났다'는 말이었다.
아무래도 다른 사람들보다 훨씬 더 많은 곳을 다니고
때로는 비싼 밥을 먹거나 쉽게 소비하지 못할 것들을
주저하지 않고 경험하다 보니 생긴 오해였다.

물론 개인적으로 부모를 잘 만났다고 생각한다.
훌륭한 부모님 아래에서 화목하게 지냈고
가끔은 가족 여행도 다녀올 정도로 사이가 좋았다.
그래서 가끔 '쟤는 부모를 잘 만나서'라는 말을 들으면
자식이 부모 탓하는 걸 알면 부모님은 얼마나 속상할까
그런 생각이 들기도 한다.

부모를 잘 만났다는 말이 금수저를 뜻하는 거라면
그건 아니다. 부모님께 받은 도움은 스무 살이 될 때까지
여느 평범한 집안 친구들이 받은 정도였다.

방송을 막 시작했을 때도 지원받은 것은 하나도 없었다.
촬영 장비부터 시작해서 노트북에 이르기까지 모두
아르바이트로 번 돈과 저금한 돈으로 해결했다.
돈이 부족할 땐 비상금 대출을 받기까지 했다.

그러면 또 여기에서 누군가는 이런 말을 할지 모른다.
"그런데 그렇게 비싼 곳에 아무렇지도 않게 간다고?"

그것 역시 커다란 오해라고 분명히 말해두고 싶다.
아무렇지 않게 가는 게 아니다. 가진 돈을 다 쓰고도
돈이 없어 대출을 받아서 영상을 찍는 경우도 흔하다,
평소 같으면 손이 덜덜 떨리는 금액이지만, 이상하게
영상이 재밌게 나올 것 같은데 라는 생각이 들면
큰 금액도 덜컥 결제할 수 있는 용기가 생긴다.

방송 등으로 벌어들이는 수입은 거의 전부 제작비로
다시 사용하고 있고 가끔 광고를 받지 않는 달이면
오히려 몇천만 원씩 적자인 경우도 종종 있다.

그리고 또 하나, 들을 때마다 억울한 말이 있다.
'쟤는 팔자 좋게 놀러만 다닌다'는 말이다.

그건 영상을 만드는 게 아니라 소비하는 입장에만 있어서
할 수 있는 생각과 말이라고 볼 수 있다. 완벽한 오해다.
영상을 보는 사람들은 네모난 화면 안에만 관심이 있고
바깥에는 관심을 두지 않으시는 경우가 많다.

또한 그 네모 안에 있는 화면들도 편집된 화면이기에
사람에 따라서는 매일 좋은 것을 먹고 좋은 곳에 가서
놀기만 하는 것으로 보일 수 있다는 것을 나도 이해한다.

하지만 조금의 거짓도 없이 말하건대
영상을 찍고 찍히는 부분 빼고는 모두 다 일이다.
지금은 도와주는 사람들이 계시지만, 활동 초반에는
장소 섭외와 촬영, 편집까지 모두 다 혼자서 해야 했기에
서너 시간 자는 시간 빼고는 계속 앉아서 일만 해야 했다.
해외여행을 가도 똑같았다. 노트북으로 밤새 편집하고
아침이 오면 졸린 눈을 비비고 다시 촬영에 들어갔다.

이런 고충들을 안고 지내다 보니 생긴 고민도 있다.
하고 싶은 걸 하려고 시작한 건데 해야 하는 것만 점점
더 많아지고 있으므로 그 중간점을 찾고 싶어진 것이다.

그래서 가끔 구독자분께서 이렇게 지내는 삶이 좋은지
힘들지는 않은지를 물어오실 땐 가끔 좋다고 해야 할지
그저 일일 뿐이라고 해야 할지가 헷갈릴 때가 있다.
나름의 환상을 무너뜨릴까 봐 겁나고 걱정도 되기 때문에.

위의 두 가지 외에도 나에 관한 수많은 오해가 있다.
그리고 모든 오해에 대한 완전한 답변이 될 순 없겠지만
마지막으로 이 한마디를 구독자 여러분께 해주고 싶다.

나는 하고 싶은 것을 하거나 가고 싶은 곳에 가면서
동시에 가장 좋아하는 일인 영상 제작 일을
함께 할 수 있어서 행복해하는 사람일 뿐이라고.
놀러 다니는 것만큼 영상을 만드는 일도 좋아하고
내 기획과 영상을 본 사람들의 반응을 접할 때
가장 큰 기쁨을 느끼는 사람이라고 말이다.

내가 옳고 당신이 옳다

사람은 많은데 외롭다

아무래도 유튜브 같은 온라인 플랫폼에서
이런저런 행사도 열고 활동을 활발하게 하다 보니
나를 인싸라고 생각하는 사람이 많다.

매일 새로운 곳에 가서 사람들에게 말을 걸거나
혼자서는 좀처럼 할 엄두가 나지 않는 것을 잘만 하기에
많은 사람들에게 그렇게 인식되고 있는 거라고 생각한다.

하지만 나는 그 누구보다도 집에 있는 것을 좋아하고
모르는 사람이 말을 걸어오면 오히려 경계하는 사람,
친한 사람들과 친하지 않은 사람들 사이에 벽을 세워놓고
가까운 사람들에게만 진심을 터놓곤 하는 사람에 가깝다.

촬영이 없는 날에 에너지 충전을 위해 한다는 일이
집에서 맛있는 것을 먹고 강아지와 노는 일이 전부이니
말은 다 했다고 보면 되겠다.

개인 방송을 시작하며 평범한 이십 대처럼 지내는 걸
포기하다 보니 또래 친구들처럼 술 마시러 다니는 생활을
접해보지 못했다. 그래서 그게 왜 즐거운지도 잘 모르고.

그렇게 친하게 지내던 친구들도 바쁘게 사느라
스무 살 이후에 스무 번도 채 못 만난 것 같다.
그렇게 바쁘게 일만 하고 성격상 먼저 연락도 못 하는데
어색함 없이 연락하고 반겨주는 친구들이 고마우면서도
한편으로는 자주 외로워지기도 한다.

친구들도 가족들도 제대로 만나지 못하고 지낸다는 것과
수많은 사람 중 그런 나의 마음을 알아주는 사람이

내가 옳고 당신이 옳다

그다지 많지 않다는 생각이 들 때마다

그냥 조금 외롭긴 한 것 같다.

자
기
암
시

―

컨디션이 매일 최상일 수는 없으니까
안 좋은 날에도 힘을 낼 수 있도록
중요한 일을 시작하기 전에는 늘 자기 암시를 한다.

"즐기자. 오늘도 나는 내가 가장 좋아하는 놀이를 할 거고
그 놀이는 무지 재밌을 거야. 사람들도 좋아할 거야."

망했다는 | 말

영상 촬영을 위해 인도네시아에 간 적이 있다.
많고 많은 나라 중에 왜 인도네시아였는지를 묻는다면
꼭 영상으로 담고 싶은 콘텐츠가 하나 있기 때문이었고
그 소재의 정체는 바로 '비둘기 고기'였다.

물론 어떤 사람은 비둘기를 귀여워할 수도 있겠지만
우리나라에선 너무도 많은 개체수와 더럽다는 이미지로
가장 환영받지 못하는 동물 중 하나인 비둘기를

보편적인 식재료로 사용하는 나라라니, 잠이 달아날 만큼 흥미로웠고 궁금했다. 그래서 고민 없이 출국을 결심했다.

출장에 드는 비용은 이것저것을 다 더하면 1,700만 원. 누구라도 부담스러워할 비용이었지만 괜찮았다. 내게 흥미로운 소재라면 분명 영상을 보는 사람들에게도 관심을 끌 것이라는 막연한 확신이 있었기 때문이다.

결과는 처참했다. 생각했던 것만큼 조회수는 높지 않았고 콘텐츠를 본 사람들의 반응도 기대와는 많이 달랐다. 흥미롭게 보는 사람도 있지만, 사람에 따라서는 그것이 혐오스럽게 느껴질 수 있을 거라는 생각을 못 했던 거다.

'어떡하지? 돈은 너무 많이 썼는데 조회수가 낮은데?' '말 그대로 망했다는 이야기 말고는 할 말이 없는데?' 그런 생각이 빠르게 머리를 스쳐 간 뒤에 내가 가장 먼저 한 행동은 웃는 일이었다.

그냥 웃겼다. 이런 것도 다 경험이라는 생각과 그 경험 한번 참 비싸다는 생각, 나 자신에 대한 분노가 뒤죽박죽 뒤섞여서 헛웃음만 나왔다. 그리고 그렇게 한번 크게 웃고 난 뒤에는 놀랍도록 기분이 괜찮아졌다.

'그래도 하고 싶었던 걸 했잖아'라는 생각 덕분이었다.
어떤 측면에서는, 그리고 수치적으로는 망한 콘텐츠겠지만
인도네시아로 떠나는 동안, 그리고 그곳에 도착해서
남들은 하지 못한 것을 경험하는 동안에 느낀 흥분과
내가 원하는 걸 내가 선택했다는 데에서 오는 성취감은
나에게 전혀 망해버린 시도로 다가오지 않았다.
오히려 커다란 행복감으로 다가왔다면 다가왔지.

그렇게 생각하면 세상의 그 어떤 일도 망한 게 아니다.
그리고 그 어떤 일도 행복의 씨앗이 될 수 있다.

하고 싶은 것을 안 하면 후회가 반드시 하나는 생기지만
일단 하고 나면 행복이 반드시 하나 생긴다.

조언

세상은 좁은데 사람은 정말 많다는 생각을 자주 한다.
그리고 그렇게 사람이 많은 만큼 가르침도 많다는 생각도.

당장 유튜브를 구경하거나 서점을 둘러보기만 해도
'이렇게 살아라'라고 말하는 콘텐츠들이 많이 보인다.
이렇게 살지 않으면 인생이 망한다든지 아니면
이렇게 살아야만 부자가 된다든지 하는 조언들이
이곳저곳에서 넘쳐나고 사람들은 그것에 열광한다.

물론 나도 몇몇의 조언들에는 깊이 공감하기도 했다.
돈은 일단 아끼는 것이 좋다는 말이라든지
뭐든 하지 말라는 데에는 이유가 있다는 말,
젊을수록 험하게 사회생활을 공부해야 한다는 말들은
세상을 살아본 결과 전부 일리가 있긴 한 말들이었다.

하지만 내게만은 정답으로 다가오지 않는 조언도 있었다.
그중 하나가 바로 '미래 계획을 짜라'는 말이었다.

물론 누군가에겐 미래에 대한 계획을 짜는 일은 중요하다.
하지만 난 치밀한 계획과는 거리가 있는 사람이고
또 그래야 나의 생활을 제대로 이어갈 수 있는 사람이다.
어쩔 수 없는 성향의 차이가 있기 때문에
약처럼 여겨지는 조언이 나에겐 크게 다가오지 않는 거다.

그러므로 나는 수많은 조언에 노출된 사람들에게
꼭 한 번은 '경계하는 자세도 필요하다'고 말해주고 싶다.
다른 사람들에게는 다 좋게 작용하는 조언이나 충고나
나한테는 오히려 안 좋게 작용할 수도 있기 때문이다.
그러니까 좋은 말들을 무작정 좋게 받아들이기 전에
나는 어떤 성향을 지닌 사람인지를 파악부터 해보라고.

나도 내가 어떤 사람인지를 파악하기 위해서
분주하게 움직였던 날들이 많았다.

고민이 생길 때면 무작정 버스를 타고
좋아했던 호수공원을 찾았고 그곳을 무작정 걸으면
기분이 한결 괜찮아졌다. 그리고 집까지 걸어서 돌아오면
두 시간 정도 걸렸는데, 그때 난 친구들에게 전화를 걸어
내 장단점을 물어보곤 했었다.

"나의 장점이 세 가지 있다면 무엇무엇일 것 같아?"
"그러면 단점은, 내 단점을 세 가지만 알려줘."

가까운 친구일수록 적나라할 정도로 솔직하게
내 장단점을 알려줬고 나는 그걸 메모장에 받아적었다.
그리고 그렇게 파악된 나라는 사람의 정보는
내가 앞으로 어떻게 살아가면 좋을지를 알려주는
아주 귀중한 자료가 되어주었다.

나에게 과연 어떤 이야기가 좋게 다가오고
또 어떤 이야기가 전혀 도움이 되지 않을지는
당사자가 아니고서는, 그리고 살아보지 않고서는

아무도 모르는 일이다.

그러니까 오늘도 마음에 귀 기울이는 하루를 보내길.
즐겁게 사는 것도 더 나아지는 삶을 사는 것도 결국
다른 누구도 아닌 내가 해내야 하는 일이니까.

건강한 사랑

아무래도 내 구독자 중 많은 비율을 차지하는 연령대가
나의 또래 혹은 열 살 차이도 안 나는 분들이다 보니
그들로부터 자신의 고민을 들어달라는 요청을 꽤 받는다.
그리고 그중 상당 부분이 바로 사랑에 관한 고민들이다.

'너무 다른 점이 많아서 맞춰가기가 힘이 들어요.'
'같은 마음인 줄 알았는데 사실은 그게 아니었나 봐요.'

내가 옳고 당신이 옳다

얼마나 사랑이 잘 안되면 나한테까지 물어보는 걸까?
글쎄. 나 역시 사랑이 뭔지 아직 완벽히는 모르고
내가 제대로 사랑하면서 살고 있는지도 확신 못 하지만,
그래도 딱 내가 아는 만큼만 사랑에 관해 말해보자면,

'그 사람이 좋아하는 것과 싫어하는 것을 파악하고
그것에 맞춰 마음을 주고받는 것'이 사랑이 아닐까.
사람마다 체질이 다르고 원하는 게 다 다르니까.

어떤 사람이 내게 좋은 사람인가, 또는 어떤 사람이
나와는 안 맞는 사람인가를 생각하면 오히려 그때부터
내가 보이기 시작한다. 난 어떤 성향을 지닌 사람인지,
어떤 것을 편안해하고 불편해하는지를 깨닫게 된다.

그 결과 알게 된 사랑에 관한 나의 성향은
나는 무엇이 됐든 얽매여 있는 연애를 힘들어한다는 점,
그래서 그걸 이해해 주는 사람을 만나야 한다는 점이었다.
그렇게 연락과 만남에 집착하는 게 힘든 나를 이해해 주고
조금이라도 맞춰주는 사람과 함께여야 편안함을 느끼는데
그걸 무작정 내 과한 욕심이라고, 무리라고 생각한다면
사실 그 사람과 나는 인연이 아닐 확률이 더 높지 않을까?

나도 마찬가지다. 그게 누가 됐건 상대방은 내가 아니기에
양보해야 하는 부분, 인정하고 받아들여야 하는 부분이
반드시 있기 마련일 텐데, 그걸 무시하고 나의 방식대로만
관계를 강요하고 밀어붙이기만 한다면, 언젠가는 결국
그 사람이 지쳐 내 곁을 떠나가 버리고 말 것이다.

그러므로 상대방을 상대방으로 두면서 아껴주는 것.
사랑에 정답이 정해진 건 아니라지만,
나는 그게 건강한 사랑이라고 생각한다.

공감의 | 힘

하루는 내 많지 않은 친구들의 얼굴을 떠올리면서
과연 그 친구들과 어떻게 가까워졌었는지를 생각해봤다.

처음엔 사이가 안 좋았는데 싸우다가 친해진 친구,
집이 가깝거나 부모님이 친해서 어쩌다 친해진 친구,
친해지게 된 자세한 스토리는 각자 다 달랐지만
그래도 공통적인 계기가 하나 있었다.

바로 무엇이 됐든 그것에 공감하는 포인트가
두 사람 모두에게 똑같이 있다는 것을 알게 된 순간
'얘는 나랑 닮은 애구나'라는 생각에 순식간에
친밀감을 느끼기 시작했다는 점이었다.

"너도 이게 좋아?"
"너도 그런 사람들을 불편해해?"
"너도 이런 적이 있어?"
"너도 그렇게 생각해?"

화들짝 놀란 표정으로 그렇게 물으면
상대방 역시 똑같은 표정으로 나를 바라보고
이내 우리는 부쩍 가까워짐을 느꼈던 것이다.

내가 좋아하는 걸 너도 좋아한다는 사실이나
싫어하는 것을 너도 똑같이 싫어한다는 사실을
맨 처음 알게 됐을 때 느껴지는 그 쾌감. 그 감각은
성인이 되고 대중을 상대하는 직업을 갖게 된 후에도
여전히 내 주변에 남아서 가끔씩 나를 놀라게 한다.

마음의 어느 한 부분이 가려워서 좀 긁어줬으면 했거나

누구라도 이 기분을 알아줬으면 하는 쓸쓸한 마음 앞에서
'나도 그런 사람이야' 말하는 듯한 모습을 보여주는 것.
그래서 아무리 먼 곳에 있고 나이 차이가 많이 나더라도
깊이 교감하고 일상을 살아갈 힘을 얻는 것.

공감이 지닌 힘은 그만큼이나 크다.
사람을 외롭지 않게 해주고 살고 싶다고 생각하게 해준다.

앞으로도 되도록 더 많은 사람의 공감을 끌어내면서
재밌는 친구, 좋은 친구로 사람들의 곁에 남고 싶다.

나
아
갈

용
기

자신이 만든 음식을 남김없이 싹 비우는 사람들을 보며
무한한 감동과 사명감을 느낀다는 요리사의 말을 듣고
나도 한번 깊이 생각해본 적이 있었다.
과연 무슨 보람으로 일을 하고 있는 걸까 하고.

그게 정말이었는지, 혹 거짓말은 아니었는지.
사실 여부는 아직도 잘 모르지만, 내 영상으로 인해
살아갈 힘을 얻었다는 사람들이 있었다.

내가 옳고 당신이 옳다

몸을 제대로 움직일 수 없는 병을 앓느라
이곳저곳을 여행하는 것은커녕 동네 산책조차 못 하는데
하루가 멀다하고 새로운 곳을 찾아다니는 내 영상 덕분에
행복감과 자유로움을 느꼈다고 말해주시는 분도 계셨고

패스트푸드 가게조차 혼자 못 들어갈 정도로
매우 소극적인 사람이었으나 마찬가지로 내 영상을 보고
용기를 내서 태어나 처음으로 혼자 여행을 떠나보았다고
안 하던 도전도 해보았다고 말씀해 주시는 분도 계셨다.

그분들은 그러면서 내게 고맙다는 인사를 전해왔지만,
나에겐 오히려 그게 다시 한번 위로와 응원으로 다가왔다.
더 많은 사람에게 더 깊은 긍정의 에너지를 주고 싶다고
결심하게 만들고 부지런히 움직이게 만들었다.

누군가가 보기에는 대단한 변화가 아닐지 몰라도
한 사람의 삶에 울림이나 깨달음, 즐거움을 주는 사람,
친절한 이웃 같은 사람이 됐다는 사실은 그렇게 언제나
내게 커다란 뿌듯함과 나아갈 용기를 주곤 했다.

행복의 | 출처

비싼 밥을 먹거나 호화스러운 호텔에서 묵을 때마다
세상에는 역시 좋은 것이 밑도 끝도 없이 많다는 생각과
가끔이라도 이것들을 누릴 수 있다는 게 기쁘기도 하지만

그런 기쁨 말고도 주말에 강아지와 늘어지게 자는 낮잠이나
영화를 보면서 먹는 야식의 기쁨, 가끔 즐기는 인형뽑기처럼
아주 작고 수수한 것으로부터 오는 기쁨도 무시할 수 없다.

어쩌면 작고 조용한 것들로부터 오는 기쁨과
크고 시끄럽고 화려한 것들로부터 오는 기쁨이 따로 있고
그것들을 잘 조화시켜야만 행복한 삶이 되는 게 아닐까?

오늘은 그런 생각을 해보았다.

소
년
의 │
│ 마
음

하도 옛날에 들은 이야기라 출처도 제대로 알 수 없지만
언젠가 어디선가 그런 이야기를 들은 적이 있다.
지금 세계에 나와 같은 생각을 하는 사람이 일곱 명 있고
그걸 끝내 실천하는 사람은 단 한 명뿐이라는 말.
나는 그 말을 듣고 가장 먼저 그 '단 한 명'이
언제나 나였으면 좋겠다고 생각했다.

하고 싶은 걸 다 하고 살아야 한다는 생각이 늘 있었다.

나는 중고등학생일 때부터 하고 싶은 게 너무 많았다.
제품으로 만들어서 팔아보고 싶은 게 늘 있었고
사람들에게 즐거움과 새로움을 줄 만한 아이템도 많았다.
하지만 학생이라는 신분은 언제나 내 앞길을 막았고
돈이나 사회 제도처럼 내가 어떻게 할 수 없는 조건들이
늘 나의 반짝거리는 마음을 가로막는 장애물이 되곤 했다.

하지만 그렇다고 가만히만 있는 건 또 싫어서
나는 당장 할 수 있는 일들을 찾아서 분주히 움직였다.
학교에 있는 내내 책상에 앉아서 사업 기획서만 썼다.
저녁에는 용기를 내서 일을 함께해보고 싶은 회사에
그 기획서를 이메일로 보내보기도 했다.

물론 대부분의 경우엔 어린아이의 장난처럼 여겨지고
아예 답장도 받지 못하고 무시당하기 일쑤였지만
그래도 가끔은 아주 실낱같은 가능성을 보기도 했었다.
내 기획들이 회사의 간부 회의까지 올라가기도 했었고
함께하고 싶다고 당돌하게 들이댔었던 여행사에서는
현실적으로 함께하기는 어렵지만 그래도 기특하다고
기프티콘과 같은 선물을 보내주기도 했었다.
나와 비슷한 생각을 하는 친구들을 모아 기자단을 만들고

세상 곳곳을 취재하고 다니고 사진을 찍으면서
우리만의 이야기를 만들어보려 뛰어다니기도 했다.
누군가에겐 나이도 어린 게 너무 까부는 것 같았겠지만
그렇게 당돌하고 뻔뻔할 수 있는 것도 그 나이만의
메리트라고 생각했기에 그럴 수 있었던 것 같다.

그렇게 몇 년이 지났을까. 어느 날 뉴스를 보는데.
내가 어릴 때 구상한 사업안과 완벽하게 똑같은 아이템이
전국적으로 큰 성공을 거두었다는 소식을 접했다.

그때 다시 한번 확신하게 된 거다.
아, 역시 잘됐네. 내가 시도해야 했던 건데.
생각에서만 그칠 게 아니라 실행에 옮겨야 했는데.

물론 내가 그 아이디어를 상품화할 수 있었다고 해도
생각지도 못한 변수가 있었을지도 모르고
내가 아닌 다른 사람이 시도했기에 그 아이디어가
커다란 성공을 거뒀을지도 모르는 일이다.

하지만 내가 결국 망했을지 아니면 끝내 성공했을지
시도해보지도 않는다면 과연 누가 알겠는가.

아무리 확률이 희박한 도전이라고 해도
시도하지 않으면 그 희박한 확률조차 없을 것 아닌가.
또 혹시라도 그 시도가 실패로 돌아간다고 해도
그 실패로부터 느끼는 점이 하나라도 있다면
그것은 완벽한 실패가 아니게 되는 것 아닌가.

그러므로 아무리 생각해봐도 내 답은 늘 같다.
하고 싶은 건 꼭 하면서 살아가기로.
십 년이 지나고 이십 년이 지나도
늘 소년의 마음으로 설레게 하는 것들을 따라가기로.

그
만
　
겁
내
자

주저하고 있거나 주저앉아 있는 사람들.
내 주변에는 유독 그런 사람들이 많다.

그 이유를 가만히 생각해보면, 아픈 사람들이
병의 해결 방법이 있는 병원에 몰리는 것처럼
주저함이나 주저앉아 있는 일과는 거리가 있어 보이는
나의 곁에 머물다 보면 답을 찾을 수 있지 않을까 하고
기대하고 있어서가 아닐까, 추측하게 된다.

사실 여부와는 상관없이 그 사람들이 보기에 나는
주저하는 법을 모르거나 주저앉아본 적 없는 사람이니까.

하지만 당연하게도 나 역시 주저할 때가 많고
당장이라도 주저앉아 버리고 싶을 때가 많은 사람이다.
단지 보이지 않는 곳에서 힘들어하고 남들보다 더 빠르게
그런 감정들을 털어버리는 훈련이 되어 있기 때문에
눈에 띄지 않을 뿐이지.

하지만 그걸 알면서도 내게서 무슨 말을 듣기를 원하는
사람이 있다면, 그리고 이런 나의 말이라도 괜찮다면,
이렇게 말해주고 싶다.

그냥 해 보라는 말. 안 죽는다는 말.
당신이 걱정하는 그 큰일은 사실 안 일어난다는 말.

살아보면 정말 그랬다. 무언가를 주저하고 있을 땐
늘 머릿속에서 최악의 경우만 재생되곤 했었다.
하지만 대부분의 경우 그 최악의 상황은 일어나지 않았고
일이 잘못 흘러간다고 해서 내가 완전히 무너질 정도로
커다란 일이 일어난 적은 거의 없었다.

걱정은 내 몸을 점점 무겁게만 만들 뿐이니

이제는 그냥 해보자. 그만 겁내자.

어쩌다 일이 잘못되어 넘어진다고 하더라도

씩씩한 어린아이처럼 훌훌 털어버리고 일어서면 된다.

사람을 — 겪어보는 일

가끔 좋은 사람 만나는 방법이나
나쁜 사람 거르는 방법 같은 콘텐츠들이 눈에 보인다.
그리고 정말 그런 방법들로부터 도움을 받는 사람이
어딘가엔 있을지도 모른다.

하지만 나는 어지간해선 그것들을 주의 깊게 보지 않는다.
내 생활방식과 생각하는 방식이 그 방법에 적용하기에는
잘 맞지 않을 때가 많고, 아무리 누가 지혜로운 방법을

알려준다고 해도 그것은 겪어보지 않고는 내 것이
되지 않는다는 걸 알기 때문이다.
또 아무리 많은 사람이 좋은 사람이라고 칭찬하는 사람도
나에게는 좋지 않은 사람일 수 있으며
반대로 사람들이 별로라고 하는 사람이 오히려
나에겐 좋은 사람으로 다가오기도 하기 때문이다.

그러므로 하고 싶은 말은, 나의 관계 결정권을
외부에 맡기는 것이 아니라 스스로 겪어야 한다는 것.
조금 두려울 수도 있겠지만 직접 이런 사람 저런 사람을
겪어봐야만 나에게 맞는 관계의 방법과 내게 좋은 사람을
알 수 있게 된다는 점이다.

늘 그랬다. 처음부터 잘 아는 건 아니었다.
나와는 반대되는 것들을 접하면서 내게 맞는 것이나
나는 어떤 사람인지에 관한 걸 잘 알게 되는 것처럼
사람들을 겪어내면서 나와 잘 맞는 사람을 알아갔다.

정말 아쉽고도 번거로운 일이지만
세상에는 이렇게 직접 겪어야 하는 일도 있다.

각자의 │
│ 몫

"또 세 시간밖에 안 잤어?"

"이해할 수가 없네. 왜 그렇게까지 잠을 아끼는 거야?"

가까운 친구가 종종 이렇게 물어올 때가 있다.

그때마다 오히려 난 그를 이해할 수가 없다.

어쩌면 그렇게 느긋할 수가 있나 싶어서.

시간은 사람에 따라 많게 혹은 적게 주어지는 것 같다.

그리고 나는 늘 시간이 빠듯하게 주어졌다고 생각한다.

그리고 시간을 대하는 그 각자의 태도가 곧
삶을 대하는 태도가 된다는 생각도.

가끔 돈이 없다고 징징거리는 친구들을 보면
나는 조심스럽게 속으로만 생각한다.
'그럴 시간에 뭐라도 해서 벌면 될 텐데.'
'한 번만 해보면 인생이 달라질 텐데.'
'이것조차 못하면 앞으로 원하는 것도 못 할 텐데….'
당연히 개개인마다 당장 행동할 수 없는 사연이 있겠지.
아프다거나 기분이 별로라거나 만날 사람이 있다거나.
하지만 그런 사정들을 일일이 생각하기 시작하면
할 수 있는 일은 하나도 없다는 것도 내 솔직한 마음이다.

내게 아쉬운 것이 있거나 나아지길 원하는 부분이 있다면
건강을 지키는 선에서 낭비하던 시간을 끌어다 쓰면 된다.
다른 시간들은 다 타협하거나 무를 수가 없는 시간이니까
하루 중 가장 큰 부분을 차지하고 있던 잠자는 시간을
쪼개어 그 시간에 공부를 하거나 일을 하거나
하고 있는 일을 더 잘할 수 있는 방법을 모색하는 것이다.

그러다 보면 자연스레 생각하게 된다.

다른 무엇도 아니고 시간이 곧 최고의 가치인 거라고.

나는 꼭 나처럼 극단적으로 잠을 아끼지는 않더라도
주변 사람들이 한 번씩은 자각하는 시간을 가졌으면 한다.
시간은 모두에게 공평하게 주어지지만, 그 시간을 얼마나
귀하게 생각하고 활용하는지는 각자에게 달린 거라고.

타
인
의
　삶

가끔 원초적인 궁금증이 생길 때가 있다.
어떻게 생각하면 내 영상들은 그저 나라는 사람이
곳곳을 다니면서 이런저런 것을 경험하는 것을 관찰하는
일종의 관찰 예능에 불과한 건데, 사람들은 도대체 왜
이런 영상을 찾아서 보는 걸까? 하는 궁금증이다.
나아가서 텔레비전 시청자들이 방송국에서 하는
관찰 예능들을 보는 이유는 또 뭘까? 하는 궁금증도.

어느 날이었다. 그날도 그런 생각을 하면서 산책을 했다.
그러다 멈춰서서 주변을 보는데, 거리 위의 사람들이
전부 핸드폰만 내려다보면서 걷고 있는 거였다.
어째서였는지 정확한 이유는 모르겠지만, 나는 그 장면이
그렇게 외로워 보일 수가 없었다. 신기한 일이다.
기술이 발전하면서 사람과 사람 사이는 어느 때보다도
빠르고 편리하게 연결될 수 있게 됐는데, 오히려 사람들은
점점 더 빠르고 철저하게 고립되고 단절돼 버리다니.

그렇게 모두가 조금씩 더 외로워지고 있는 요즘이다.
그러다 보면 내 삶에 대한 확신이 흐려질 때가 있고
이렇게 살아도 될까 하는 막연한 불안이 생기기 마련이다.

그럴 때마다 우리는 타인의 생활을 궁금해한다.
관찰 프로그램을 소비하고 브이로그를 열어본다.
외롭기 때문에. 인간적인 사람, 나와 비슷한 사람이
또 있기는 있구나라는 생각을 하고 싶기에.

그렇게 생각하면, 나도 조금 더 있는 그대로의 나를
남들에게 보여주고 싶어진다. 화면 너머의 당신을 위해서.

당신이 조금 덜 외로웠으면 좋겠어서.

밥
의
　　의
　　미

편의점이나 길가에 서서 별로 먹고 싶지도 않은 음식을
벌이라도 받는 것처럼 허겁지겁 입에 욱여넣거나
터무니없이 적은 양의 음식을 깨작깨작 먹거나
다 식어서 짜고 맛없어진 음식을 마지못해 먹는 것만큼
슬픈 일이 없다고 생각한다.

나는 그만큼이나 밥을 대충 먹는 걸 싫어한다.
그리고 그 이유는 어떤 보상 심리 때문인 것 같다.

하루 종일 화장실을 갈 시간조차 쪼개가며 움직이고
사람들을 만나고 숫자들 속에서 허우적대다가 겨우겨우
집에 도착했는데, 냉장고 안에는 마른반찬밖엔 없고
밥솥에도 식은 밥밖에 없을 때는 화가 치민다.

'내가 얼마나 열심히 일하는데 이걸 먹어야 해?'
라는 생각이 들면서 뜬금없이 내가 불쌍해지는 것이다.

많은 사람이 끼니를 '때운다'라고 말할 만큼
먹는 시간을 가볍게 생각하곤 하지만, 사실 식사 시간은
내 지친 하루를 알아주고 안아주는 시간. 보상의 시간,
그러므로 어쩌면 하루 중 가장 중요한 시간이다.
사람들은 알아주지 않는 내 고생을 내가 알아주고
칭찬해 주고 위로해 줄 수 있는 시간인 것이다.

그렇게 내게 밥이 갖는 의미는 의외로 크다.
어릴 때 봤던 어른들도 이런 것 때문에 그렇게도
먹는 것에 가치를 두었던 것 아닐까. 그래서 그토록
남의 끼니를 궁금해했던 거 아닐까.
밥은 먹었냐고. 든든히 먹었느냐고 말이다.

표현하는 ― ― 연습

초등학생 때는 늘 일기를 쓰는 숙제가 있었다.
일기장에 하루도 빼지 않고 일기를 써두었다가
일주일에 한 번씩 걷어서 선생님께 검사를 받는 식이었다.

그런데 하루는 쓸 만한 이야기가 생각나지 않았다.
전날과 완벽하게 똑같은 하루를 보낸 하루였기 때문이다.
결국 나는 그 넓은 일기장에 이 한마디만을 썼다.

"어제와 똑같았습니다."

아, 그때 나는 왜 그런 식으로 일기를 쓰면 당연히
선생님께 불려 갈 거라는 생각을 못 했던 걸까.
선생님은 모든 수업이 끝난 뒤에 나를 교실에 남기시고는
도대체 왜 일기를 그렇게 썼냐고 불같이 화를 내셨다.

하긴 얼마나 성의 없어 보였겠어. 똑같은 하루였어도
조금 지어내서라도 일기를 써야 하는 거였는데.
나는 그렇게 나름의 반성을 하며 바닥만 보고 있었다.
그런데 선생님이 나를 빤히 보며 이렇게 말씀하시는 거다.

"아무리 어제와 똑같았다고 하더라도 오늘 너의 마음은
조금이라도 달랐을 텐데. 난 네 하루가 궁금하기도 하지만
너의 마음은 어땠는지가 궁금했던 거야. 알겠니?"

그때 어린 나는 처음 느낀 거였다. 아. 정말이네.
그저께의 나와 어제의 나는 분명 다른 생각을 했었는데.
귀찮은 마음, 남들은 몰라도 괜찮다는 마음에 안 쓴 건데.
그럼 그 마음의 차이를 알아주는 사람은 아무도 없겠구나.

그때부터 나는 마음을 표현하는 일을 연습하기 시작했다.
물론 능숙한 건 아니다. 여전히 많이 서툴다고 생각한다.
엄밀히 따져보자면 완전히 서툴렀던 사람이 그나마
평균 수준으로 겨우 어찌어찌 수준을 맞춘 쪽에 가깝다.

하지만 오늘도 말해본다.
멋있고 우아한 말을 골라서 하는 재주는 없지만,
나와 함께 있는 사람들에게 오늘도 행복하자고.
다치지 말고 아무리 바빠도 밥은 꼭 챙겨 먹자고.
늘 고맙다고 말이다.

그래도 즐겁다

"큰일이다. 이번 영상도 망했다."

조회수가 잘 안 나올 때마다 숨이 턱턱 막힌다.

속된 말로 멘탈이 갈려 나간다. 계속 이럴까 봐.

내가 감이 죽었나? 아닌데? 난 재밌는 것 같은데?

영상 문제는 아닌 거라는 걸 사실은 잘 알고 있다.

유튜브에서는 영상 반응이 처참하지만

인스타그램에서는 어느 때보다 반응이 괜찮기에

알고리즘 문제라면 문제지 영상 문제는 아니라는 걸 안다.

하지만 알아도 불안하다. 그 이유를 알 수가 없으니까.
점점 내 콘텐츠들이 알고리즘의 선택을 못 받게 되고
서서히 사람들로부터 잊혀질까 봐서.
그러다가 또 반응이 좋아지면 다시 행복해지지만
또 언제 무슨 일이 터질지를 모른다는 불안함은 남는다.

영상의 반응이 좋고 나쁜 것과는 별개로
다른 스트레스 요소들도 많다. 잠을 못 자는 것과
편집하는 데에서 오는 피로감 같은 것들.
정신력으로 어떻게든 버티는 편이지만 그런 것들이 쌓여
불면증이나 식이장애로 이어질 때도 있는 것 같다.

내 스트레스를 유발하는 요소는 어디에나 있다.
나만큼이나 좋고 싫음이 분명한 사람이 있을까 싶다.
사실은 사람들 앞에 나서는 걸 안 좋아하는데
어쩔 수 없이 사람들 앞에서 촬영하는 것이 싫고
맛집 촬영을 할 때 다른 테이블 사람들이 내 먹는 모습을
마치 공연이라도 구경하는 것처럼 보는 것이 무섭다.
야외 촬영을 할 때도 다가와서 인사를 건네는 분들에게는
더없이 감사하고 반가운 마음이 들지만, 가끔 나를 멀리서
몰래 찍는 게 보이면 괜히 긴장되고 불안한 마음이 된다.

나를 알아본 학생들이 한 번에 몰려오는 것도 부담스럽다.

그러니까 이것들도 오해인 거다. 활발할 줄 알았다는 말과
혹시 오늘 기분이 안 좋은 거냐고, 영상과 다르다는 말이
들려올 때마다 나는 당황하고 또 미안한 마음이 된다.
그런데 어떡하겠는가. 마음이 그것들을 내켜 하지 않는 걸.

어려서부터 그랬다. 콕 집어서 기억해 내지 못할 정도로
나는 좋고 싫음이 분명해서 늘 문제가 많은 아이였다.
그래서 고등학생 때는 나를 싫어하는 사람도 많았다.
말투도 무뚝뚝했고 하기 싫은 게 있으면 안 하고 봤다.
반 대항으로 축구를 할 때도 하기 싫어 교실에 남았고
그래서 아무리 욕을 먹어도 하기 싫다고 꿋꿋이 대답했다.

하지만 그렇게 좋고 싫음이 분명한데도, 시도 때도 없이
어려움을 겪고 스트레스를 받는데도 이 일을 계속하는 건,
아이러니하게도 내가 얼마나 이 일을 사랑하는지를
다시 깨닫게 해준다. 그렇게 싫음 속에서 좋음을 발견한다.
그래서 '그래도 즐겁다'고 말할 수 있게 된다.
그래도 이 일 덕분에 내가 살아 있음을 느낀다고.
그러니까 다시 열심히 해보자고 말이다.

우리 좀 ── 욕심내면서 살자

유독 한국 사람들이 자주 하는 말버릇이 몇 개 있다.
제 주제에 무슨. 과분합니다. 라는 말이 있고
송충이는 솔잎만 먹어야 산다는 속담도 있다.
분수에 맞게 행동해야 한다는 뜻을 지닌 속담인데,
나는 궁금하다. 정말 우리나라 사람들은 왜 이토록
무언가를 소극적으로 욕망하는 걸까?

엄밀히 생각해 보면, 위에서 말하는 그 주제라는 것은

어느 정도여야 적정 수준인 것이며, 맞는 분수라는 것은 과연 누가 정하는 걸까? 그게 순수하게 궁금해지는 거다. 또 당사자들은 왜 다른 사람들과 세상이 정해준 한계에 고분고분 따르는 건지도 알 수 없다.
노력도 안 하고 준비도 안 돼 있으면서 막연히 바라는 건 당연히 해서는 안 될 무책임한 일이지만 말이다.

나는 우리가 좀 더 적극적으로 욕망했으면 좋겠다.
더 크게 생각하고 더 큰 걸 목표로 삼았으면 좋겠다.
그래서 더 많이 움직이고 더 신나서 뛰어다녔으면.

모든 사람이 성공할 수는 없는 일이겠지만
모두에게 도전할 권리는 똑같이 주어진다고 생각한다.
나도 아직 막대한 성공을 거두진 못한 사람이지만
열심히 도전만 해보고 있을 뿐이고.

우리 좀 욕심내면서 살자. 그래도 되는 일이다.

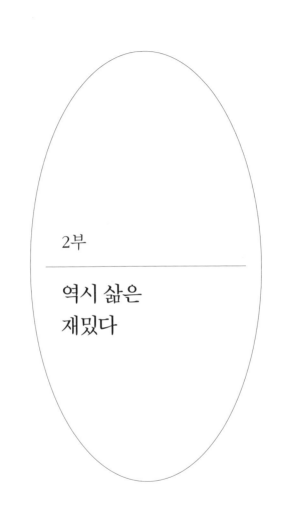

2부

역시 삶은
재밌다

놓아주는

| 일

사람들에게 무언가를 만들어 보여주는 사람은
어쩔 수 없이 다른 사람들보다 큰 과녁을 갖게 되고
그러다 보면 불특정 다수의 악플에 노출되기도 한다.
보통은 연예인들의 경우가 그렇다. 잘 알지는 못하지만
일단 어디서든 자주 보이는 사람이니 비난부터 하는 거다.

나도 연예인은 아니지만, 콘텐츠 쪽 일을 하고 있으므로
내게도 크고 작은 악플들이 달리곤 하는데 문제는 그것이

정말 말 그대로 악플에 불과한 말들, 건전한 비판이 아닌
무분별한 비난에 가까운 말들이라는 점이다.
또 그 논리도 없고 사람을 다치게만 하려는 그 악플들이
그보다 훨씬 많은 좋은 댓글들과 나를 향한 응원들을
안 보이게 가려버리고 하루의 기분을 망쳐버린다는 점이다.

그러므로 이제는 그런 것들이 보일 때마다 흐린 눈을 뜨고
삭제부터 한다. 한때는 열심히 대꾸하고 싸우기도 했지만
그런다고 달라지는 것은 없다는 걸 안 뒤부터는 그저
무반응으로만 일관한다. 인터넷은 특수한 공간이니까
일단 그 사람이 불쌍하다고 생각하고 넘겨버리는 거다.

그 말을 실제로 듣게 된다면야 본인 삶을 되돌아보라고,
행복하냐고. 꼭 행복하시라는 말을 건네고 싶겠지만
애초에 그런 사람들은 내 말을 듣지 않을 것을 알기에
대답하지 않음을 대답으로 내어주는 것이다.

하지만 그래도 나 역시 사람은 사람인지라
아무리 그것들을 마음 깊이 안 받아들이려 해도
어쩔 수 없이 상처를 받을 때도 있는데
그렇게 상처받을 때마다 나는 내가 주인공일 수 있는 곳,

예를 들면 내가 관리하는 공지 방이나 채널 커뮤니티,
나를 좋아하는 사람들이 늘 있는 게임 속으로 들어가서
그들로부터 소소한 위로와 칭찬의 말을 듣곤 한다.

그렇게 나를 좋아해 주는 사람들과 한동안 떠들고 나면
마음이 괜찮아졌다. 나를 좋아해 주는 사람들의 사랑이,
그리고 따뜻한 시선과 관심과 흥미가 나에겐 늘 중요하다.
그러고 보면 나는 별로 독립적인 사람이 아닐지도 모른다.
혼자 이곳저곳을 매일 쏘다니는 사람 치고는 말이다.

생각해보면 내가 아무리 좋은 사람이 되려고 노력하고
모두에게 착한 마음을 먹어도 나에 관한 오해는 늘 있었고
그게 아니어도 날 이유 없이 미워하는 사람은 늘 있었다.

그리고 한때는 그들의 관심을 끌고 마음을 돌려보려고
애쓴 날도 있었지만 이유도 없이 나를 미워하는 사람들을
하루아침에 설득할 수 있는 방법은 없었다.

그러니까 어딘가에 관계로 힘들어하는 사람,
자세히는 날 미워하는 사람 때문에 힘든 사람이 있다면
이제는 그만 그 사람, 그 걱정을 놓아주는 것은 어떨까.

그건 내가 아무리 노력해도 바뀌지 않을 일일지 모르니
그럴 바엔 나를 좋아해 주는 사람을 생각해보는 것이다.

이왕 혼자 살아갈 수 없는 세상이라면
좋은 사람들과, 내가 좋아하고 나를 좋아해 주는 사람들과
사랑하면서 살아가기만 하자는 것이다.

책임과 함께 오는 것

사회적 기대와 책임감에 눌려 힘들어하는 사람들이 있다.
스무 살이면 천천히 미래 계획을 짜기 시작해야 하고
서른 살이면 어느 정도 돈을 모으고 가정을 꾸려야 하며
넌 내 아들이니까, 내 딸이니까 반드시 좋은 성적을 받고
남부럽지 않은 직업을 가져야 한다는 기대와 책임감.

그렇게 책임에만 매몰되어 힘들어하는 사람들을 보면
내 마음도 덩달아 좋지 않게 된다.

나도 아직 서른 살도 안 된 젊은 나이이지만
자라오는 동안 자주 그런 시간들을 겪어야 했다.
내가 공부를 팽개치고 다른 일들에 몰두하고 있던 때
아버지는 내게 습관처럼 그렇게 말씀하시곤 했다.
너 하고 싶은 대로 하는 건 상관하지 않겠는데
나중에 엄마 아빠에게 망했다고, 도와달라고 하지 말라고.
지금이야 그만큼 내 앞날이 걱정돼서 그러신 걸 알지만
아무튼 그만큼이나 나를 향한 걱정이 많으셨던 것 같다.

하지만 아버지의 우려와는 달리 나는 단 한 번도
내 선택에 대해 부모님께 손을 벌리지도
또 불만을 표출하지도 않았다.
아무리 힘들고 어려운 일이 있어도 내가 선택한 일이니
어떻게든 내가 해결하려고 안간힘을 쓰기만 할 뿐이었다.

그러므로 스무 살이라는 나이는 나에게 있어서 늘
꽤 커다란 의미를 갖는 나이였다. 아주 오래전부터
그 나이가 되기를 손꼽아 기다리기만 했던 나이.
하지만 나를 지켜주고 있던 여러 보호막이
한순간에 벗겨지고 마는 나이.
그렇게 자유와 책임이 한 번에 주어지는 나이.

지금 생각해봐도 나의 스무 살은
정말 좋으면서도 어깨가 무거워졌던 시기이지만
궁극적으로는 정말 소중한 나이로 기억되고 있다.
하고 싶었던 것들을 드디어 할 수 있게 되었었으니까.

그러니 너무도 깊게 기대와 책임에 짓눌려 있는 당신도
책임만 생각하기보단 책임과 함께 주어진 자격과 자유도
발견해 낼 줄 알게 된다면 좋겠다. 그렇게 둘 중 하나에만
매몰되지 않고, 내가 선택한 삶에 대한 책임은 지되
그것으로부터 오는 행복감도 힘껏 느끼면서

건강하게만 살아가기를 바란다.

활동을 하다 보면 계속해서 새로운 것을 시도하고
탐험하려는 영감은 어디에서 얻느냐는 질문을 받는다.
그러면 나는 조금은 뻔한 대답일 수도 있겠지만
일상에서, 그리고 경험한 것들 속에서 얻는다고 답한다.

나에게는 일종의 직업병 같은 게 있는데
바로 길거리를 오갈 때 모든 간판을 다 쳐다보는 것이다.
걸어서 다닐 때나 버스나 택시를 타고 다닐 때도

간판들만 보는데, 그러다 호기심을 자극하는 게 보이면
무작정 들어가 보는 것이다. 그런 식으로 영감을 받는다.

또 어릴 때 너무 하고 싶은 게 있으면
머리로 그걸 기억하고 있다가 알맞은 상황 앞에서
"예전에 이런 생각을 했다"라고 말하며 툭 던지면
그 한마디가 발전되어 영감의 원천이 된다든지
아니면 우연히 봤던 영상이 무의식중에 저장되어
알맞은 순간에 툭 하고 영상에 있던 정보가 나온다든지.
그런 느낌으로 떠오르는 게 아닐까 자주 생각한다.

그렇게 일상적인 관심, 오랜 경험적인 관심처럼
관심의 유무가 영감을 가른다.
관심 있는 만큼 보이는 것이 늘어난다.

'나 어디 달라지지 않았어?'라고 물었을 때
그 사람을 정말로 관심 있게 봐온 사람은
그걸 물어보기도 전부터 그것을 눈치채는 것처럼 말이다.

역시 삶은 재밌다

십 대에게는 질풍노도라는 말이 어울리고
이십 대에게는 청춘이라는 말이 어울리는 것처럼
젊은 사람들의 시간은 불안하기 그지없지만
삼십 대나 사십 대에 접어든 사람들에게선
불안함보다는 안정감을 더 많이 느끼곤 한다.

그리고 많은 사람이 그 이유로
경험과 관록이 쌓여서 그런 거라고 대답하지만

나는 그것들만이 전부라고 생각하지 않는다.

나이가 들면서 가정과 노후처럼 책임질 것이 많아지고
그것을 잃지 않기 위해 과감하게 움직이기보단
위험 요소를 없애가면서 지내기 때문에
안정감 있는 모습을 보여주기도 하는 것이다.

나도 그렇다. 물론 나는 삼십 대도 사십 대도 아니지만
또래 친구들보다는 많은 것을 책임지며 살고 있다.
혼자 모든 콘텐츠를 제작하고 기획할 수는 없으니
어느새 몇 명의 직원을 곁에 두고 있고
그러다 보면 회사와 관련된 고정 지출이 늘 발생한다.

그런데 그 와중에 내가 나만 생각하며 무모하게 행동하고
논란이 생길만한 일에 휩싸이면 어떻게 되겠는가.
나만 잘못되는 게 아니라 주변의 사람들에게도 폐가 되고
나아가 멀리서 나를 지켜봐 주시고 응원해 주셨던
구독자와 팬 여러분께도 커다란 실망을 끼치는 일이 된다.

나는 그런 최악의 경우들을 생각하면서 움직이느라
늘 고정 지출을 생각하면서 콘텐츠 소재를 기획하고

나에 대한 기대에 부응하려 부끄러운 짓은 안 하려 애쓴다.
뒷광고 같은 논란에 휩싸이지 않으려 늘 표기를 신경 쓰고
이상한 제안이 들어올 것 같으면 거들떠도 보지 않는다.
나도 모르게 표정이나 말투에 그것이 배어 나올 수 있으니
나쁜 생각이나 나쁜 짓을 안 하려고 노력한다. 심지어는
아무리 차가 없다고 해도 무단횡단조차 절대 하지 않는다.

나는 내 이런 노력들이 내 삶이 흔들리지 않게
중심을 잡아주는 추의 역할을 해준다고 생각한다.
그러므로 어쩌면 책임감에서 오는 위기의식이 없었다면
너무 가볍게 생각하고 행동하느라 벌써 크게 한 번은
넘어졌을지도 모르는 일이다.

역시 삶이라는 건 신기하면서도 재밌기만 하다.
책임이라는 낱말을 안 좋게만 받아들였었는데
오히려 그것이 내 삶에 안정감을 더해주기도 한다는 게.

일
단

가
보
자

그날 새벽은 눈을 뜰 때부터 뭔가 달랐다.
어디가 됐든 떠나고 싶다는 생각이 머리를 떠나지 않았다.

안 되겠다. 잘은 모르겠지만 일단은 출발해야겠다.
몇 군데를 후보로 넣고 룰렛을 돌려서 나온 곳은
그 이름도 생소한 싱가포르였디.

숙소도 항공편도 예약하지 않고 인천공항부터 찾아가니

세 시간 후에 출발하는 비행기가 가장 빨랐다.
출발 시각이 다가올 때까지 졸다 깨기를 반복하다
정신도 못 차린 채로 비행기에 오른 것 같았는데
눈을 뜨고 보니 눈앞에는 다른 나라가 펼쳐져 있었다.

그럴 때마다 기분이 이상했다.
침대에서 눈을 뜰 때만 해도 분명 한국이었는데
몇 시간 지나고 보니 눈앞에 외국인들이 돌아다니고
나는 한국말을 쓰는 이방인이 되어 있다는 게.

이런 걸 보면 세계가 생각했던 것보다는 훨씬
좁은 것 같다는 생각과 여행 별거 아니라는 생각이 든다.

어쩌면 세상에 있는 수많은 한계는 정말
내가 정하는 것일지도 모른다는 생각도.

허
락

___

'촬영하고 편집하는 모든 영상이 콘텐츠가 됐으면 좋겠다!'
그런 터무니없는 망상을 항상 한다. 버리는 부분 없이
모든 영상이 성공적으로 콘텐츠가 되는 일은
지금까지 한 번도 일어나지 않았기 때문이다.

촬영할 때까지만 해도 분위기가 좋았지만
음향이나 녹화에 문제가 생길 때도 많았고
편집할 때 치명적인 실수를 발견할 때도 많았다.

점포나 플랫폼의 정책적인 문제에 직면할 때도 있었다.

그렇게 제법 데이터가 쌓이다 보니, 촬영을 하다 보면
싸한 느낌이 들 때가 있다. 그렇다. '망했다'는 직감이다.
그 직감은 꽤 정확도가 높아서, 그 느낌을 받은 날이면
어김없이 촬영을 망쳐버리고 말았다. 그래서 이제는
그런 느낌이 들면 빠르고 깔끔하게 포기하기도 한다.
에이, 보나 마나 잘 안되겠네.
찍고는 있는데 아무리 생각해도 못 올리겠어.
오늘은 그냥 쉬자. 그만 찍고 즐기기만 하자.

요리 예능 덕분에 주목을 받는 파인다이닝 레스토랑에서
개구리를 사용한 요리를 내어준다는 말을 듣고는
고민도 하지 않고 그곳으로 달려간 적이 있었다.
가격이 한두 푼이 아닌 곳이었으므로 손이 떨리긴 했지만,
그래도 그런 특이한 경험을 할 기회는 많지 않았기에
과감하게 촬영을 결정한 거였다. 그렇게 가게에 도착해서
오늘의 코스 구성을 보는데. 이럴 수가.
딱 오늘부터 개구리를 사용하지 않는다는 거다.
고객들의 반응이 좋지 않아서 메뉴 개편을 했다는 거다.

역시 그럴 수도 있지. 하지만 난 개구리 찍으러 왔는데.
어떡하지? 일단 찍을까? 그렇게 당황스러운 마음으로
두세 번째 코스까지 갔다가, '접자.'라고 생각했다.
그리고 파인다이닝만 즐기고 왔다.
집에 와서는 촬영한 게 없으니 편집할 것도 없어서
드러누워서 쉬기만 했다.

참 딜레마가 아닐 수 없다.
촬영이 잘되면 오히려 신나서 편집하고 싶은 기분이 되고
자진해서 밤샘을 하고 스스로를 괴롭히는데
촬영이 잘 안되면 오히려 내 몸이 편안해지다니.

하지만 가만히 생각해보면, 그렇게 일의 성공과 실패,
그리고 삶의 템포를 맞춰가는 것이 삶 아닐까?
삶이라는 건 원래 이런 식으로 흘러가는 게 아닐까?
안 좋은 일이 있으면 좋은 것도 있고.
좋은 일이 있으면 조금 아쉬워지기도 하면서.

오늘도 촬영 준비를 하는데 카메라가 말썽을 부린다.
한 번도 문제를 일으킨 적이 없는 카메라였으므로
당황스럽기만 했지만, 그래도 얼른 마음을 고쳐먹는다.

"어쩔 수 없지. 쉬자. 안 그래도 피곤했잖아."

역시 삶은 재밌다

멀어져야 | 깨닫는 것

소소한 일상과 멀어질수록
오히려 그것들이 값비싸게 다가온다.

왜 일상이 일상처럼 당연하게 있을 땐
그 소중함을 몰랐을까.

초심이 —— 있는 곳

아무리 구독자 여러분을 실망시키지 않으려
매일 아침마다 마음을 다잡는다지만, 그래도
초심을 잃지 않는 것만큼 힘든 일도 없는 것 같다.

맨 처음 초심이라는 것을 품었을 때의 나와 주변 환경,
그리고 지금의 나와 내 주변 환경은 하나부터 열까지
다르지 않게 된 게 없기 때문이다.

역시 삶은 재밌다

그러다 보니 편집이나 여유로움은 더 깊어진 것 같아도
처음만큼의 진심이나 참신함은 느껴지지 않을 때가 많다.

그래서 나는 내가 거만해졌다는 생각이 들 때, 그래서
초심으로 돌아가야겠다는 생각이 들 때면
초창기의 영상을 하나씩 찾아서 보며 그때를 생각한다.

정말 힘든 나날이었다. 영상을 찍는 과정도
편집하는 과정도 지금과는 많이 달랐다.

그땐 일정한 틀을 만들어두지 않았으므로
0.1초 단위로 일일이 장면 전환을 조정했고
멘트가 별로면 소리를 과감히 빼고 후녹음을 했다.
섭외나 협상 관련한 전화도 하나부터 열까지 혼자 했고
촬영 섭외하는 것도 지금은 영업시간 외에도 가능하지만
그땐 영업에 방해를 끼치면 안 되었으므로 가게 전체를
통째로 빌려서 피눈물을 흘리며 결제를 진행하기도 했었다.

"그땐 두세 시간을 자면서 일하는 게 일상이었는데
뭐가 그렇게 좋아서 그 고생을 했을까?"
스스로에게 물어보고 나면 이상하게 가슴이 뜨거워진다.

그때의 나도 나고 지금의 나도 나인데
지금도 마땅히 그때처럼 열심히 그리고 진심을 다해서
일할 수 있을 것 같다는 열정이 샘솟는 것이다.

보고 싶은 사람이 있으면 그 사람을 기다리는 대신
그 사람이 있는 곳으로 직접 찾아가야 하는 것처럼
초심을 되찾길 원한다면 초심이 있는 곳으로 가야 한다.

역시 삶은 재밌다

기
회
비
용

———

콘텐츠를 위해서 희생한 것 중에
가장 크게 희생한 것이 무엇이냐고 누가 묻는다면
제작에 들어간 비용도 아니고 건강도 아니라고 답할 거다.

내가 포기한 것 중 가장 큰 것은
다른 무엇도 아닌 평범한 생활이 아닐까.

물론 내가 마치 연예인처럼 어디를 가든

구름 같은 인파를 몰고 다니는 사람은 아니지만
아주 혹시라도 나를 알아보는 사람이 한 명이라도 계시면
나는 이상하게 정상적인 생각과 행동이 어려워지더라.

그래서 아무도 없는 길도 괜히 의식하며 걷게 되고
밥 한 끼를 먹더라도 잘 보이지 않는 곳에서 먹게 됐다.

얼마 전에 친구의 학교 축제를 놀러 간 적이 있는데
포토 부스와 여러 놀이 부스, 군것질 부스 같은
축제를 이루고 있는 모든 것이 설레게 다가왔다.
그리곤 나도 보통의 대학 생활을 계속했다면 어땠을까,
조금이라도 저런 흐름에 섞여 즐거워하기도 했을까를
오랫동안 혼자 생각해보기도 했다.

늘 그런 게 내심 궁금하긴 했다. 평범한 생활.
아무렇지도 않게 거리를 걷고 동네 식당에 가서도
편하게 먹고 싶은 것을 시켜 먹는 생활.

그건 내가 선택한 생활이 아니었기에 분명 지루했겠지만,
한편으론 살아보지 않은 삶이었기에 궁금한 것이었다.

하지만 그 역시 내가 한 선택이었으므로, 그리고 그만큼
얻는 것, 남들보다 편하고 행복한 것도 많았으므로
달리 할 말이 있는 것은 아니다. 기회비용이라고 생각한다.

그래. 얻는 것이 있으면 잃는 것도 생기기 마련이지.
이렇게 깔끔하게 인정하면 마음이 좀 많이 편해진다.

최선을 다해 ── 분노하기

당연한 이야기지만, 좋은 일보단 안 좋은 일이 많고
아무 탈 없이 흘러가는 날보단 변수가 생기거나
마무리가 좋지 않은 날이 더 많은 것이 세상살이다.

나도 그렇다. 아무리 내 딴에는 치밀하게 계획을 세워도
모든 일이 계획대로만은 흘러가지 않고
그렇게 나온 결과물이 내 기대에 미치지 못할 때마다
나는 일일이 당황하고 또 절망에 빠진다.

그렇게 난관을 만났을 때 나의 해결 방법은
우습게도 최선을 다해서 분노하는 일이다.

마음속에 고여 있는 화나는 감정을
조금도 남겨두지 않겠다는 생각으로
힘껏 소리를 지르거나 몸을 움직이는 것이다.

다른 사람은 어떨지 모르겠지만, 나는 그러고 나면
한결 몸도 마음도 가벼워져서 얼른 다시 정신을 차리고
하던 일, 앞으로 해야 할 일을 다시 시작할 수 있었다.

어쩌면 내 방법이 건강하지 않은 방법일지도 모른다.
또 화를 다스리는 것이 여러모로 좋기 때문에
내 방법이 아주 잘못됐다고 주장하는 사람도 있을 것이다.

하지만 사람마다 각자의 스타일이 있는 걸 어떡하겠는가.
내게 맞는 게 그것뿐이라면 그 방법을 앞으로도 따라야지.

나에겐 사람들이 가치 있게 보는 것들보다
내가 앞으로 나아가는 일에 더 큰 가치를 느낀다.

다만 어떻게든 내가 지치지 않기를

언제까지나 내가 건강히 나아가기를 바랄 뿐이다.

역시 삶은 재밌다

세상을 ─── 넓히는 방법

구독자 여러분과 질문과 답변을 주고받을 때였다.
많은 질문이 들어왔는데, 한 질문이 유독 눈에 띄었다.

'학생이 가기 좋은 여행지를 추천해 주세요'

학생이 가기 좋은 여행지라, 어디가 있을까.
제법 진지하게 고민하다가 일본을 가라고 답했다.
가장 가까운 해외이면서 그다지 문화도 다르지 않아서

학생이 가기에도 별다른 부담이 없을 것 같아서였다.

그런데 얼마 뒤에 그 사람이 답장을 보내왔는데,
'학생이 돈이 어디 있어서 일본 여행을 가냐'는 거다.

그런가? 일본이 학생이 가기에 그렇게 부담이 되나?
아닐 것 같은데? 나는 문득 궁금해져서 곧바로
20만 원으로 일본 여행하기를 기획하기 시작했다.
국내 여행도 웬만한 곳은 20만 원 정도는 들 거라는
생각을 배경으로 짜놓은 예산이었다.

가장 가까운 일본은 아마도 후쿠오카일 것이고
항공권은 잘 구하면 10만 원대 초반에 구할 수 있었다.
서울과 부산을 왕복으로 오가는 KTX 승차권도
10만 원대 초반이니 별 차이는 없었다.
숙소도 일본에 널린 게 캡슐 호텔이니 저렴하게
해결할 수 있을 것 같았고 음식도 비싼 음식이 아닌
길거리 음식이나 라멘, 덮밥 위주로 먹어도
충분히 훌륭한 식사가 될 것 같았다.

내가 그렇게 최저 예산으로 여행을 기획했던 건

그 사람에게 내가 맞다는 걸 증명하기 위해서라거나
그 사람을 안간힘을 써서 이겨먹기 위해서가 아니었다.
당신도 충분히 떠날 수 있다는 것을 알려주고 싶어서.
여행할 용기를 주고 싶어서였다.

나는 여행사를 하고 있지도 않고 연예인처럼 어마어마한
영향력도 없는 사람이지만, 내 이런 움직임들이
단 한 명의 세상이라도 넓혀줄 수 있다면 나는
그것만으로도 커다란 행복을 느낄 수 있을 것만 같다.

해보고 나면 생각했던 것만큼 대단하지는 않은 일이 많다.
그것들을 하나씩 해나가다 보면 내 세상은 점점 넓어지고
나도 더 멀리 볼 수 있는 사람이 되어가는 거라고 믿는다.

동
심

"평소에 어떻게 지내길래 이런 생각들을 하세요?"

그런 말을 자주 듣는다. 창의력이 남다르다는 말도.

사람들이 보기엔 매일 색다른 곳에 가서 새로운 걸 먹고

남들은 안 하는 걸 하곤 하니 창의력이 있어 보이나 보다.

나는 내가 지능이 높아 그런 거라고는 생각하지 않는다.

오히려 단순하게 생각하는 편이다 보니 그런 게 아닐까,

그런 생각을 더 많이 하는 쪽에 가깝다.

고백하자면, 나는 성인 ADHD를 갖고 있다.

그게 있다는 것을 알고 있고 고치고 싶은 마음도 있다.

하지만 그것을 알면서도 아직도 고치지 않고 있는 이유는

혹시라도 그걸 고쳤다가 즉흥적으로 이것저것을 생각하고

행동하는 성향이 약해질까 봐서. 그랬다가 전보다 더

재미없는 사람이 될까 봐서 그런다.

내 성향이 내 생활을 결정짓는다, 는 생각을 많이 한다.

나는 그 누구보다도 즉흥적인 사람이다. 그리고 이 성향이

어쩌면 창의성의 원천이 되어주고 있는 것 아닐까?

길을 걷다가도 즉흥적으로 '이건 어떨까?' 생각하고

그것을 생각으로만 남겨두지 않고 실행에 옮기다 보니

창의적인 결과물이 많이 나오는 것이다. 만약 내가

즉흥적이지 않고 계획적으로, 그리고 조금 욕구나 생각을

절제하면서 지냈다면, 다들 말하는 그 창의성이라는 것도

많이 드러나지 않았을 것이라고 생각한다.

그래서 더 아이처럼 생각하고 행동하려는 것 같기도 하다.

피카소도 그랬다고 한다. 아름다움의 정점까지 간 그에게

또 누구를 닮고 싶냐고 물은 적이 있는데,

그 사람의 대답은 미켈란젤로도 아니고 고흐도 아닌
'어린아이'였다. 어린아이들만이 보여줄 수 있는
순수한 창의성을 갖고 싶다는 이유에서였다.

나도 그렇다. 피카소처럼 대단한 사람은 아니지만.
웬만하면 동심을 잃지 않으려 애쓰며 지내다 보면
더 순수하고 창의적인 생각을 많이 할 수 있을 것이며
그러다 보면 더 재밌는 것들을 만들 수 있을 것 같아서.

내가 평소에 심각한 문제는 안 보려고 하고 댓글 창에서
말다툼 같은 것이 일어나도 굳이 안 보려고 하는 이유도
어쩌면 그래서일 수도 있겠다.

재밌게 새롭게, 아이처럼 살고 싶다.
언제까지나.

하
고
　
싶
은
것

하고 싶은 건 다 하면서 사는 사람 같겠지만,
나도 남들의 기대 같은 것으로부터 압박을 느껴서
생각과 행동에 제약을 받을 때가 있다.
바로 내 활동이나 영상에 대한 사람들의 기대 때문이다.

사람들이 내게서 기대하는 영상이 따로 있다는 걸
오랜 경험을 통해 잘 알고 있다. 그런 영상을 올리면
보통은 좋은 반응이 나온다는 것도 누구보다 잘 안다.

초반 조회 수와 댓글 수부터 다르다. 폭발적인 반응이다.
주로 가성비 맛집 코스나 가성비 여행 코스, 그리고
특이한 데이트 장소나 식당 소개 같은 영상들이 그렇다.

하지만 정작 내가 하고 싶은 건 핸드폰 없이 하루 살기나
길 가다가 만난 수험생에게 선물 사주기 같은 것이기에
충돌하는 부분이 생기고 마는 거다. 하지만 그렇다고 해서
사람들이 좋아해 주는 걸 과감하게 버릴 수는 없는 일이다.

어떻게 하고 싶은 것만 하고 살 수 있겠는가.
먹고 싶은 것만 먹고 살면 건강하게 오래오래 살 수 없듯이
때로는 먹고 싶지 않은 것들도 먹어줘야 오래 살 수 있듯이
일도 마찬가지라고 생각한다. 대중을 상대하는 사람이
하고 싶은 대로만 하면 안 되는 거다. 대중이 가장 중요하니
일단 그들이 원하는 것을 생각하는 것이 우선이다.
그게 장기적으로는 내 일의 균형을 맞춰 주고 나를 더 오래
건강하게 일하게 해줄 거라고 믿는다.
그러니 감사하는 마음으로 해야 한다.
그래도 참 복 받은 것은, 그런 영상 역시 좋아하는 일 중에
덜 좋아하는 것일 뿐, 막상 하면 즐길 수 있는 것들이라
금방 그것이 좋아진다는 점인 것 같다.

또 하고 싶은 것 중 그게 조금 덜 하고 싶은 것이더라도
하고 싶은 것에 속해 있기만 하면 된다고 생각하면
마음이 한결 편해진다.

웬만하면 즐기려고 하는 태도.
그 태도가 한 가지 일을 오래 할 수 있게 해줘서
한 사람을 장인으로 만들어준다고 생각한다.
그리고 내 삶을 건강하게 만들어준다고도.

닮고
싶은
사람

내가 어느 위인보다 더 많은 영향을 받은 사람이 있다.
바로 방송인 노홍철 씨다.

어릴 때는 무한도전이라는 예능 프로그램을 보는 게
일상의 거의 유일한 낙이었는데, 그때 그를 본 게
그와의 첫 만남이었다. 이런 사람이 다 있나 싶더라.
이렇게 밝고 솔직하고 자유로운 사람이 있다니.

역시 삶은 재밌다

그 사람은 정말 하고 싶은 건 다 하는 사람 같았다.
가구에 자기 얼굴을 붙여두질 않나, 타고 다니는 차에도
대문짝만하게 얼굴 스티커를 붙여놓질 않나. 그때만 해도
그런 사람은 노홍철 씨 말곤 대한민국에 아무도 없었다.
그래서 너무도 큰 충격을 받았던 것 같다. 그만큼이나
자유로운 사람, 나를 사랑하는 사람은 처음 본 것 같아서.

그 사람의 당당함과 자유로움, 자기애는 단순히 내게
재밌게만 다가오지 않았다. 나도 저런 사람이 되고 싶다는
생각을 품게 했다. 그래서 나도 학생일 때부터
핸드폰 케이스를 직접 만들어 거기에 내 얼굴을 넣고,
옷도 주문 제작해서 내 얼굴 사진을 프린팅해보기도 했다.
자연스레 그 사람의 발자취를 따라가게 된 것이다.

노홍철 씨는 지금도 누구보다 자유롭게 지내고 있다.
빵집이든 서점이든 원한다면 일단 차리고 보는
과감함은 여전하고 곳곳에는 자신의 조각상이 놓여 있다.
오토바이로 제주도와 유럽, 미국을 누비고, 넘어져서
다친다고 해도 아이 같은 미소를 짓곤 한다.
그래. 나는 그런 소년 같은 모습을
늘 닮고 싶어 했던 것일지도 모르겠다.

그러고 보면 그가 아니더라도 나는 그런 사람들이 좋았다.
소년이나 소녀 같은 마음을 갖고 사는 사람들.
할머니가 다 되어가시는 학교 국어 선생님이 그랬고
제주도 카페에 계신 할머님이 그랬다. 풀 하나를 보더라도
감성적으로 받아들이려 하고 바람 한 줄기에도 설레하는
그런 모습들은 내 마음마저도 설레게 했다.
어떻게 저렇게 나이가 지긋해지실 때까지
이런 마음을 갖고 있으셨을까 하는 놀라움이 있었다.

때 타지 않고 모든 것을 순수하게 바라보는 사람.
나도 그런 사람으로 늙어가고 싶다.

벗
어
나
자

———

하루는 친구가 울상이 되어 내 앞에 나타난 적이 있었다.
그는 대학 진학을 하지 않고 곧바로 취업을 선택해서
또래 친구들보다는 더 빨리 사회생활을 시작한 친구로
일찍 독립해서 지내는 나와 많은 것을 공유하는 친구였다.

무슨 일이 있냐고 물으니 회사 일이 너무 힘들다고 했다.
일이 힘들어야 일이지 뭐 새삼스럽게 불평하냐고 했더니
일은 할만한데 사람 때문에 힘들다는 대답이 돌아왔다.

선배가 한 명 있는데 다른 사람들과는 잘 지낼 수 있어도
그 사람과는 죽어도 가깝게 지내지는 못할 것 같다고.
성격도 일하는 스타일도 너무 달라서 힘들다고.
하필 같은 부서라서 피하는 것에도 한계가 있다고.

그러면 그만두는 건 어떤데? 라고 말하니
화부터 낸다. 네 일 아니라고 쉽게 말하는 거 아니냐고.
나는 그를 똑바로 보고 대답했다. 빈말 아니라고.
그만두는 걸 목표로 삼고 조금만 더 열심히 한 뒤에
나와서 네가 혼자 할 수 있는 일을 찾든지
다른 직장을 찾는 걸 진지하게 권장한다고.
그러면 그런 사람도 없을 것 아니냐고.

생각해보면 나도 사람 때문에 힘든 적이 있기는 있었다.
아르바이트를 자주 한 만큼 여러 사람과 부대껴야 했는데
어디에나 텃세를 부리거나 괴롭히려 드는 사람들, 나와는
체질적으로 안 맞는 사람들 때문에 늘 문제가 있었다.
그래서 혼자 짜증도 많이 냈고 속앓이도 많이 했다.

그런데 결국 열심히 돈을 모아서 겨우 독립해서 보니,
다른 것들보다도 그게 그렇게 행복할 수가 없더라.

혼자 일할 수 있다는 게.
사람 때문에 스트레스받지 않아도 된다는 게.

물론 혼자서 일한다고 해도 가끔 사람을 만나긴 한다.
하지만 그건 일시적이기에 괜찮다. 안 맞는 사람이 있어도
'금방 헤어질 테니까, 다시 안 보면 되니까'라고 생각하면
마음이 순식간에 편해지는 거다.

참을 수 없을 만큼 사람 때문에 힘들어하는 사람이 있다면
그곳을 벗어나는 것도 좋겠다고 조심스레 말해주고 싶다.
체질적으로 상하관계가 안 맞는 사람도 있는 거고
조직 생활이 안 맞는 사람도 있는 법이다. 그리고 그건
잘못된 게 아니니 자신에게 맞는 환경을 찾아가라고
응원해 주고 싶다. 애써도 안 되는 걸 어떡하겠는가.

벗어나자. 헝가리 속담에도 있듯,
도망치는 것은 부끄럽지만 도움이 될 때가 있다.

가끔은 — 쉬고 싶다

한 번은 배우 이정재 씨의 인터뷰를 본 적이 있다.
그곳에서 이정재 씨는 데뷔 초를 회상했었는데,
한 번에 스타 반열에 오른 계기로 초콜릿 광고 촬영을
이야기하기 시작했다. 그 광고가 아주 크게 성공을 했고
그걸 보고 한 번에 세 작품이나 출연 제의가 들어와서
일 년 만에 그 세 작품을 다 해치웠다고.
지금 생각해봐도 엄청난 인기라고 할 수 있다.
아무리 잘나가는 영화배우라고 할지라도 일 년 동안

영화를 세 편이나 찍기는 어려울 테니까.

하지만 이정재 씨는 그 작품들을 다 찍고 나서 곧바로
군대에 들어갔다고 말했다. 인터뷰 진행자가 물었다.
하필 왜 그 타이밍에 입대를 한 거냐고. 나도 의아했다.
이제 모두로부터 사랑받는 스타가 되기 시작했는데
왜 더 활동하지 않고 경력을 단절시킨 건지가 궁금했다.

이정재 씨의 대답은 '자고 싶어서'였다.
입대는 더 늦출 수도 있었는데 그때 일정이 너무 많으니까
그냥 군대 가서 자고 싶다는 생각이 들었다고.
인터뷰 진행자는 참 신기한 결정이라고 대답했다.

하지만 나는 왠지, 배우 생활도 해본 적 없으면서
그의 마음이 이해되기 시작하더라.

강제적 휴식이 필요하다는 생각을 언젠가부터 자주 한다.
몸 곳곳이 일을 좀 줄여야 한다고 말하는 것이 들린다.
그리고 나는 그 목소리를 듣고 있으면서도 못 늘은 척
계속해서 내 앞에 놓인 일과 그다음 일을 생각하고 있다.
그럼 도대체 언제 쉬느냐, 생각하면 미팅이나 촬영이

펑크 날 때나 좀 쉬는 것이 전부다. 그게 아니면
이동하는 동안 택시에서 기절하듯이 잠드는 게 전부다.
핸드폰으로 비유하자면, 배터리 잔량이 20퍼센트밖에
남지 않은 핸드폰이 보조배터리로 겨우겨우 연명하며
살아만 있는 느낌이랄까.

일을 좀 줄이고 싶다는 생각을 자주 한다.
주말이나 평일 중에 하루라도 쉬는 날을 만들고 싶다.
아무 생각 없이 쉬거나 자는 시간을 좀 만들고 싶다.

하지만 그만큼이나 휴식이 중요하다는 걸 잘 알면서
쉬는 시간을 만드는 게 어렵다. 기껏 영상을 만들었는데
재미가 없으면 당장 새로 찍어야 직성이 풀리는 성격이라
쉬는 날을 만드는 게 구조적으로 안 되는 거다.
쉬려고 누워 있어도 마음만 점점 불편해지는 거다.

이럴 땐 즉흥적인 성격도 좋지만
최소한의 휴식 계획이라도 세워두는 사람,
최소한으로 계획적인 사람이 되고 싶긴 하다.

나 같은 사람이 어딘가에 또 있을까?

있다면, 당신도 참 피곤하겠다고 말해주고 싶다.

불
쌍
하
다

사랑하는 사람의 생일이라서 케이크를 만들어봤다고
조금 투박하지만 그래도 뿌듯하다고
수줍은 말투와 함께 올린 케이크 사진에

얼굴도 모르는 사람들이 남긴 조롱의 말들이 가득하다.

힘들게 노력해서 만들었을 텐데
누군가한테는 조롱거리구나.

조롱하는 본인은 한 번이라도
저런 진심 가득한 노력을 해봤을까.

일
의
순
기
능

수많은 사람을 묶어 일반화하는 것을
그다지 좋아하지는 않지만

습관적으로 우울해지는 사람들이나
삶에 권태를 느끼는 사람들 중 상당수는

어떤 이유에서든 일이나 공부를 손에서 놓고
아무것도 하지 않으며 지내고 있는 경우가 많더라.

역시 삶은 재밌다

그러니까 어쩌면 큰 슬픔을 맞은 사람들이
평소보다 더 바쁘게 지내려 하는 것도
그런 이유에서일지도 모르겠다고 생각했다.

완벽하진 않더라도 때로는
바쁜 일상이 일종의 진통제가 되어주기도 하니까.

가슴 뛰는 밤

사람들에게 난 과연 얼마나 유쾌하고 시원한 사람일까.
가끔 나는 그게 좀 궁금하다. 나한테도 당연히
고민하는 순간도 걱정하는 순간도 있기 마련인데
사람들은 내 겉모습과 말투만 보고는 나를
'걱정도 겁도 없는 청년'으로 생각하는 모양이다.

그날도 그랬다. 딱 봐도 나보다 어려 보이는 학생이
조심스레 메시지를 보내오기에, 팬의 입장으로 보내는

응원의 말씀일 거라고 생각했다. 가벼운 마음으로 읽고
감사의 말씀을 전하려 메시지를 열어봤는데,
거기엔 꽤 긴 메시지가 한 통 와 있었다.

메시지의 내용은 이랬다. 자기는 너무나도 소극적이어서
당신처럼 확실하고 당당하게 진로를 못 정했다는 말이었다.
그러니까 자기한테도 조금이라도 더 당당하게 미래를
결정할 수 있는 힘이나 노하우를 좀 달라고.

당황스럽긴 했다. 애초에 나도 지금의 내 직업이 나의
최종 목표였다고 확실하게 말할 수는 없는 일이고
나라고 처음부터 당당하고 용감하지는 않았기 때문이다.

내가 나의 결정이나 행동에 있어서 지금만큼의
확신을 가질 수 있게 된 이유는 단순하다. 오래전부터
궁금한 것들은 다 해보는 과정을 마친 뒤였기 때문이다.

무언가가 나에게 맞는지 안 맞는지를 확인하는 데에
무엇보다도 확실한 방법은 그것을 직접 경험해보는 일이다.
나는 성격 자체가 호기심이 많은 성격이었던 데다가
하기 싫은 것은 절대 안 하고 하고 싶은 건 하고 봤었다.

그러다 보니 내가 가장 흥미를 느끼는 부분이
사람들의 흥미를 끄는 일을 기획하고 곳곳에 재미 요소를
심어놓기도 하는 일, 그리고 누구나 궁금해할 만한 소재에
누구보다도 먼저 접근하는 일이라는 것을 일찍부터
파악하고 별 고민 없이 움직일 수 있었던 거다.

그래서 자기 진로를 확실하게 정하지 못한 그 학생에게,
나는 서툴러도 좋고 빠르지 않아도 좋으니
가능한 많은 것을 시도해보라고 말씀드렸다.
성격이 적극적이지 못해 그런 시도가 어렵기만 하다면,
휴먼 스토리 같은 다큐멘터리나 직업세계를 탐구하는
외부 프로그램들을 보는 것도 좋을 것 같다고.
원래 하는 것이 무서운 사람들에겐 간접적으로
보기만 하는 것도 도움이 될 거라고. 보기만 하는 것도
사실은 멈춰 있는 것처럼 보이지만 아주 잔잔하게
변화하는 과정인 거라고.

학생은 그 메시지를 몇 번이나 다시 읽기라도 한 것처럼
오랜 시간이 지난 뒤에야 답장을 보내왔다. 생각해보니
아무래도 이것저것 해보는 것은 성격상으로 무리가 있고,
말씀하신 것처럼 여러 직업에 관한 영상이나 콘텐츠들을

찾아서 보는 일부터 해봐야겠다고. 너무 고맙다고.
생각만 해도 가슴이 뛰는 것 같다는 답장이었다.

그날 밤은 누군가의 미래의 문이 아주 작지만
천천히 열리는 느낌이 드는 밤, 그래서 나까지
덩달아 가슴이 뛰는 밤이었다.

3부

일상 속
작은 기쁨

나
는
요
____

저는 새로운 곳이나 재밌어 보이는 곳에 가는 사람
남들이 안 해본 일을 하면서 행복을 느끼는 사람입니다.
키도 크고 머리도 길고 귀여운 물건들을 모으기도 하고
가끔 특이한 행동을 하기도 하지만 아무도 해치지 않고요.

그냥 저를 보면서 즐거워해 주시면
저도 마찬가지로 즐거워하는 사람이니
모쪼록 예쁘게 봐주세요.

가끔 마음이 지치는 날이나 용기가 부족한 날엔
큰 팻말에 이런 글자들을 적어 들고 다니고 싶다.

여러 마음을 지닌 사람들이 살아가는 세상이니
모두가 나를 마음에 들어 할 수는 없다는 걸 알지만
조금은 투정 부리는 마음으로 그러고 싶다.
가끔은.

도
파
민

몇 해 전부터 도파민이라는 단어가 자주 쓰이고 있다.
매일 똑같은 일상을 살아내는 사람들에게
무엇보다도 필요한 게 쾌락이나 카타르시스인데
그런 것들을 담고 있는 콘텐츠들을 볼 때마다
'도파민이 싹 돈다'는 표현을 쓰기 시작한 것이다.
또 그에 따라 자주 쓰이는 말이 있다. 바로
'도파민에 절여졌다'는 말인데, 쾌락이나 카타르시스를
맹목적으로 쫓는 사람에게 보통 그런 말을 쓰는 것 같다.

도파민에 절여졌다는 말이 긍정적인 뉘앙스로 쓰이느냐
부정적인 뉘앙스로 더 자주 쓰이느냐를 생각하면
보통은 후자의 경우로 쓰이는 것 같다.

그리고 나는 누가 봐도
그야말로 도파민에 절여진 사람일 것이다.
반복되는 일상을 죽기보다 힘들어하고
새로운 것이 아니라면 시도조차 하지 않는 나,
이미 유행하고 있는 것에는 웬만해서 흥미를 갖지 않는
나는 도파민 인간 그 자체라고 해도 무리가 아닐 것이다.

하지만 그게 나쁜 건가, 를 생각하면
나는 꼭 그렇지만도 않다고 생각한다.

무료한 일상에서 활력소 역할을 해주는 게 도파민이고
누구에게나 최소한의 즐거움은 필요한 법인데
나서서 그것을 제공해 주는 사람이 있다면
그건 모두에게 좋은 일이 아닌가?
심지어 나조차도 그들이 즐거워하는 것을 보며
덩달아 즐거워지곤 하는데, 그만큼이나 모두가
행복할 수 있는 흐름이 또 어디에 있단 말인가?

그러니 도파민에 절여진 이상한 사람, 이런 사람 한 명쯤은 있어도 괜찮겠다고, 오늘도 나는 생각한다.

그런 말들이 | 있다

영상이 너무 재밌어요.
영상 올라오는 열 시만 기다려요.
일주일 내내 매일 열 시만 기다려요.

사실 내 동영상은 일주일 내내가 아니라
화요일 목요일 금요일 일요일에만 올라오지만
그런 것은 다 상관없이
그저 나를 활짝 웃게 만드는 말들이 있다.

일상 속 작은 기쁨

최소한의 책임

거의 유일한 취미가 영화 감상이었는데
언젠가부터 영화 보는 일을 잘 안 하게 됐다.
넷플릭스 같은 곳에서 보는 영화들은
지금이 아니어도 언제든 틀었다 끌 수 있으니
영화를 보는 행위 자체를 가볍게 생각하게 된 것이다.

그래서 요즘은 나의 소중한 취미를 지켜주기 위해
좋아하는 영화를 볼 때는 꼭 극장에 가서 본다.

극장에서 보는 영화는 지금 봐야 한다는 강제성이 있어
아무 때나 내 마음대로 껐다 켤 수도 없고
어느 정도의 대가를 치르고 보는 것이기 때문에
몇 배는 더 소중하게 느껴지기 때문이다.

소중한 것일수록 너무 편하게 두지는 않는 것
그리고 조금은 강제성을 두기도 하는 것

무언가를 좋아하는 일에도
최소한의 책임은 따르는 법인가 보다.

반복되는 삶 속에서

촬영을 마치고 집으로 돌아가는 길.
선선한 밤공기를 최대한 만끽하기 위해서였던 건지
사람들이 야외 테이블에 앉아 시간을 보내는 것을 봤다.

양복을 입고 치킨에 맥주를 마시는 사람들을 보면서
아주 잠깐이지만 부럽다는 생각을 했다.

매일 똑같이 반복되는 일상이라고 해도 그 사이사이에

저런 낭만과 즐거움을 끼워 넣으면 그것만으로도
작지만 분명한 위로와 행복이 되어줄 것 같아서.

나의 매일은 한 번도 똑같이 흘러간 적이 없었기 때문에
일상에서 행복감을 느끼게 해주는 나만의 작은 습관이나
루틴 같은 것이랄 게 없었다. 그러므로 아마 내가
그들을 흉내 내기 위해 양복을 입고 야외 테이블에 앉아
치킨에 맥주를 먹는다고 해도 그 겉모습은 비슷하겠지만
마음으로는 온전히 그 즐거움을 이해하지는 못할 것이다.

그러고 보면 반복되는 삶이라서
오히려 좋은 것도 분명 있기는 있는 거 같다.
매일 일정하게 다듬어진 시간이 주어지니까. 그래서
정해진 때에 맞춰 정기적으로 무언가를 배우거나
중간중간에 즐거운 사건들을 만들어둘 수 있으니까.
그리고 그건 나도 갖지 못한 소중한 시간들이니까.

그러니까 반복되는 삶을 산다고 해서
마냥 남을 부러워만 할 필요는 없을 것 같다.
주어진 환경 안에서 충분히 새로운 것을 찾거나
즐거움을 찾을 수도 있으니까.

여행의 ── 방
　 식

여행을 남들보다 자주 떠나다 보니
내 여행 스타일을 궁금해하는 사람들이 많이 계신다.
그럴 때마다 괜히 부끄럽고 민망해진다.
나라고 늘 천재적인 여행 계획을 세우는 것도 아니고
대단히 독특하거나 비싼 것만 찾아다니는 것도 아닌데.

유튜버 독고독으로서의 여행이 아니라 그저 보통의
여행객으로서의 내 여행 스타일을 생각해보면,

그렇게 나라는 사람과 닮아 있을 수가 없다.

유행하는 걸 싫어하는 내 성격이 반영되어서인지
나는 사람들이 자주 찾는 관광지를 목적지로 삼지 않는다.
그곳 사람들이 가장 일상적으로 돌아다니는 곳을 찾아
그곳을 걷고 사람들이 들어가는 곳을 슬쩍 따라 들어가
그곳에서 밥을 먹는 식이다.

계획은 일절 하지 않는다. 심지어 숙소도 가서 잡는다.
어디로 갈지 모르니까. 어디에 도착했을 때 내가
'이곳에 머물고 싶다'고 생각할지 미리 알 수는 없으니까.
그렇게 이곳저곳을 걸어 다니다가, 드디어 이곳에서
오래 머물고 싶다는 생각이 들면 주변을 둘러보거나
검색을 통해 숙소를 예약한다.

여행의 목적은 새로운 경험보단 휴식에 두는 편이다.
어떻게든 새로운 경험을 해야겠다고 생각하다 보면
마음이 불편해지고 새로운 경험을 하지 못하기라도 하면
내내 기분이 찝찝해지기 때문이다.
또 휴식을 취하는 마음가짐으로 하루를 보내다 보면
새로운 경험은 자연스레 나를 찾아오곤 하더라.

그렇게 휴식은 잔잔하게 배경으로 깔아두고

부담스럽지 않을 정도로만 새로운 경험을 하는 것.
그게 나라는 사람과 가장 잘 어울리는
여행의 방법이라고 생각한다.

하지만 그게 잘 안되는 사람들도 있겠지.
오래간만에 떠나는 여행이고 학수고대했던 여행이니
자꾸만 나답지 않은 결정을 반복하고
나와 맞지 않는 것들을 경험하면서 고생하기도 할 것이다.
나도 한때는 그런 여행만 떠나곤 했으니 충분히 이해한다.

여행을 대단하게 생각하지 않았으면 좋겠다.
자주 떠나진 않더라도.

여행을 그냥 여행이라고 여길 수 있을 정도로는
여행과 친해졌으면 좋겠다.

그래서 아쉬운 것은 아쉬운 대로 둘 수 있는 여행
내 몸과 마음을 해치지 않는 선에서 하는 여행이
정말로 나를 행복하게 하는 여행이라는 것을

당신도 알게 된다면 좋겠다.

진심인
사람

과거의 나와 지금의 나를 비교할 때
가장 많이 달라진 것은, 주변 여건도 여건이지만
분노가 사라진 게 가장 크지 않을까 싶다.

지난날을 생각해보면, 오래전의 난 분노가 되게 많았다.
잘 걷다가도 괜히 '왜 안 되지?' 싶어서 혼자 짜증을 내고
내가 원했던 삶을 사는 것처럼 보이는 사람들이나
행복한 표정으로 지나다니는 사람들을 볼 때도

이유 모를 분노가 치밀기도 했었다. 그러면 안 됐던 건데.
그들도 나름 노력해서 행복을 손에 넣은 것이었을 텐데.

감사하게도 지금은 그다지 분노하는 순간이 많지 않다.
웬만한 하고 싶었던 것들을 다 할 수 있게 되고 동시에
어려웠던 사정들도 잘 풀리고 나니 마법처럼 괜찮아졌다.

그리고 모든 불만이 사라진 지금 지난날을 되돌아보면
옛날에 나는 다만 좀 급했을 뿐이었던 것 같다.
나한테는 자다가도 생각날 정도로 분명한 목표가 있고
단 일 초라도 빨리 그곳에 가서 닿고 싶은데
현실은 녹록지 않고 다른 어려운 일만 계속 생기니까
화만 나고 초조해지기만 했던 것이다.

그래서 요즘은 화가 많은 사람을 보면
무작정 거리를 두거나 혀를 차기보단
조금이라도 더 깊이 그 사람을 이해해보려 노력한다.

어떤 일 앞에서든 짜증을 내고 분노하고 있다는 건
그만큼이나 무언가를 간절히 원하고 있는 사람
그리고 꿈에서마저 그것을 생각할 만큼 진심인 사람

자기만의 때를 기다리고 있는 사람일지도 모르니까.

사는 재미

담임 선생님께서 친구들이 다 있는 자리에서
손가락으로 나를 가리키며 말씀하신 적이 있다.

"저런 애들 잘 봐둬라. 지금은 모르겠지만
저런 애가 쪽박을 차거나 반대로 대박을 칠 수도 있거든."

그리고 그날로부터 몇 년이 지난 어느 날
나는 내가 아직 충분한 대박을 쳤다고 생각하진 않았지만

그때를 기억하는 친구가 선생님 말이 맞았다고,
나도 네가 당연히 쪽박을 찰 줄로만 알았는데
대박을 쳤다고, 신기하다고 말해줬을 때
이상하게 기분이 좋았던 게 기억난다.

또 아르바이트를 할 때는 그곳 사장님에게
'10년 뒤엔 사장님보다 잘되고 싶어요' 말한 적도 있는데
정말 10년을 딱 채운 어느 날에는 내 일에 자부심이 있는
멋진 사람으로 사장님 앞에 나타나고 싶다는 목표도 있다.

사는 재미라는 게 별다른 게 없다고 생각한다.
사람들이 기대했던 내가 실제로 되어가는 것.
사람들의 예상을 깨고 훨씬 더 멋있는 사람이 되는 것.
그리고 그 사람들에게 기분 좋게 자랑하는 것.

다들 그런 재미로 살아가는 거 아닐까?

열정이라는 ─ 재능

정신없이 움직이기만 할 때는 좀처럼 느끼지 못하지만
가끔 숨을 고르며 지나온 길을 돌아보면
'도대체 이걸 어떻게 해냈지?'라는 생각이 들 때가 있다.

50만 명이 넘는 구독자분께서 나의 영상을 보고 계시고
어마어마한 수준까진 아니어도 또래보다 일찍
경제적인 여유를 얻기 시작했으니까.

앞으로 훨씬 더 잘되는 게 목표지만, 그래도 궁금하네.
나는 왜 잘됐을까? 내 채널이 사랑받는 이유는 뭐였을까?
단순히 운이었을까? 생각해보면, 당연히 운도 어느 정도는
작용했었을지 모르지만, 무엇보다도 큰 이유는
내가 그만큼 열심히 했기 때문이 아니었을까 싶다.

사람들은 가끔 열심히 한다는 것을 너무 쉽게 생각하고
당연한 것이라고 생각하기도 하지만, 나한테 있어서
열심히 한다는 건 그 무엇보다도 큰 강점이다.

무언가를 열심히 하고 있다는 것은
그만큼 강하게 집중하고 있다는 말이 되고
집중하고 있다는 것은 다른 사람들보다 훨씬 더
많은 양의 발전을 더 빠르게 이뤄내고 있다는 말이 되니까.

진정한 노력은 아무나 해낼 수 있는 게 아니다.
왜냐하면 노력이라는 것은 자기 확신에서 오기 때문이다.
열심히 하면 나는 분명 잘될 거라는 확신이 있어야만
과감하게 뛰어들 수 있기 때문이다. 그런 의미에서
내 강점을 알고 그걸 믿어주는 일만큼 중요한 것은 없다.

나는 나의 강점들을 잘 파악하고 있다.

나는 하고 싶은 걸 했을 때의 행복감을 잘 아는 사람이고

영상을 촬영하고 편집하는 일이 내가 할 수 있는 일 중

제일 잘하는 일이라는 걸 아는 사람이다.

또 내가 남들과 다르게 생각하고 유행을 따르기보단

유행을 만드는 것을 즐긴다는 걸 잘 아는 사람이다.

그리고 나는 내 이런 특징들을 굳게 믿어주는 사람이다.

나의 강점을 파악하고 나와의 약속을 통해서

내 길을 만드는 것. 그리고 그 길을 묵묵히 걸어가는 것.

내가 생각하는 성공의 과정이란 바로 그런 것이다.

일상 속 ─ 작은 기쁨

가끔 비싼 식당에 가서 밥을 먹으면
멍청한 호기심이 들 때가 있다.
'이게 왜 이렇게 맛있지?'라는 호기심이다.

단순히 요리사님의 실력이나 재료의 신선도 같은 것으로
모든 것을 설명할 수 있을까? 어느 정도는 그것들로
그 맛있음의 이유를 증명해 낼 수 있을지 모르지만,
또 그게 전부라고는 생각하기 어려울 것 같다.

그래서 내가 나름대로 찾아낸 이유는
바로 일상적이지 않은 새로움이었다.

집에서 매일 거기서 거기인 똑같은 밥을 먹다가
한 번 그렇게 새로운 음식을 먹으면, 일상의 흐름을 뚫고
들어온 새로운 자극이 너무도 강하기에 훨씬 더 맛있고
그것이 대단하게 느껴지는 것이다.

그러니 아마 돈 많은 집에서 태어난 사람이
매일 그 비싼 식당에서 밥을 먹는다고 할지라도
나보다는 덜 맛있게 그 음식들을 받아들일 것이다.

오히려 평소에는 먹지 못했던 길거리 음식이나
배달 음식을 먹으면서 더 큰 행복감을 느낄지도 모른다.
그것들은 그 사람의 기준에서는 일상적이지 못한
새롭고 특별한 음식들일 테니까.

그러므로 나의 일상을 더 소중하게 만들기 위해서는
어느 정도는 내 주변에 일상의 반대편에 있는 것들
바쁘고 소란스러운 것들을 둘 필요도 있다고 생각한다.

하루 온종일 혹은 일주일 내내 바쁘게 지내다가
겨우 일상의 것들을 만났을 때 그것들이 더 각별하고
소중하게 다가올 수 있도록 말이다.

밤들기 전에 보는 드라마 한 편의 느긋함
아무 걱정 없이 강아지를 안고 있을 때 느껴지는 체온
새벽에 뽑기 기계 앞에서 느끼는 짜릿함
신중히 골라서 산 키링이 주는 만족감

그런 것들은 일상을 그저 일상으로만
당연하다는 듯 내 주변에 두지 않고
그것들과 떨어져 있는 시간들을 만들어뒀기에
느낄 수 있는 기쁨들이다.

바쁘게 살수록 일상이 소중해진다.
오히려 작은 것들이 더 소중해진다.

돈도 돈이지만, 그 사실만으로도
부지런히 살아야 할 이유는 충분한 것 아닐까.

겁

비둘기와 개구리 요리를 먹는 콘텐츠를 올린 적이 있다.
며칠 후 친한 친구가 그 콘텐츠 링크를 보내며 말했다.
"너 은근히 겁 없네? 겁 많지 않았나?"

나는 숨도 안 쉬고 곧바로 대답했다.
"뭐래. 나 겁 진짜 많은 거 너도 알잖아."

말 그대로 나는 겁이 진짜 많은 편이다.

놀이공원에 가서 무서운 것도 못 타고 귀신도 무서워하고
타고 나니 좋았지만 패러글라이딩도 엄청 무서워했었다.
갑자기 뭐가 튀어나오기라도 하면 소리를 지를까 봐서
밤에 으슥한 길도 잘 안 걸으려고 한다.

하지만 어쩔 수 없이 그런 것들을 경험해야 할 때,
스스로에게 용기를 불어넣어야만 할 때도 있다.
그럴 땐 일단 하게 만드는 트리거가 필요한데
보통은 그때마다 나에게 소중한 것을 생각하는 편이다.

예를 들어 갑자기 집 밖에서 이상한 소리가 들리면
숨도 참고 싶을 정도로 무서운 감정이 나를 감싸는데
그때 그 두려움을 극복하기 위해서 내게 소중한 존재인
내 강아지를 생각하기 시작하는 거다. 분명 바깥에서
무서운 상황이 펼쳐지고 있지만, 그래도 그것 때문에
내 강아지가 위험해진다면? 강아지를 지킬 사람이
나밖에 없다면? 하고 생각하는 식이다.
그러면 아무리 무섭더라도 꾸역꾸역 뭐를 하게 되긴 한다.

콘텐츠를 만들 때도 마찬가지다.
비둘기나 개구리 같은 것을 먹거나 열기구를 타는 일은

애초에 겁이 많은 내게 너무나도 두려운 일이다.
하지만 그때도 강아지를 생각했던 때와 마찬가지로
내게 소중한 무언가를 생각해보는 거다.
너무 무섭긴 하지만 이걸로 영상을 만들면
내 소중한 구독자분들께서 재밌어하시겠지? 하고.
그러면 꾸역꾸역 먹게 되고 하게 된다.

소중한 것을 생각하면 용기가 난다니.
정작 용기를 내는 내 모습은 초라하고 웃기기까지 하지만
그 말 자체만 생각하면 꼭 영웅처럼 느껴지기도 해서
괜히 스스로를 멋있다고 생각하게 된다.

양보가 | 안 되는 것

정말 감사하게도 유튜브 채널이 빠르게 성장하고 있다.
일 년에 30만 명씩 늘었으니 정말 폭발적인 성장세다.
지금은 57만 명을 넘어가고 있는데.
그렇게 많은 분의 관심과 사랑을 받을수록 나는
점점 더 숫자에 조울증 수준으로 민감해질 수밖에 없다.
조회수가 잘 나오면 어깨춤을 출 정도로 행복해하지만
조회수가 저조하면 지하까지 기분이 가라앉는 거다.

이유는 유튜브 수익 때문도 있겠지만, 그보다는
'재밌게 그리고 열심히 만들었는데 왜 안 보시지?'
라는 생각이 나를 지배하기 때문이다.

유튜브 통계를 볼 땐 유독 그렇다.
왜 점점 조회수가 떨어지지? 대충 만든 게 아닌데?
감이 떨어졌다거나 그런 것도 아닌 거 같은데?
그렇다고 자존감이 깎이거나 하는 건 아니지만
가끔 내 실력이나 센스가 별로인 건가 하는 의심은 든다.
그래서 그때마다 같이 일하는 동료에게 물어보기도 한다.
그리고 다음 작업 때 더 이를 갈고 촬영에 임하는 거다.

같은 의미에서 나는 경기에서 졌을 때 눈물을 흘리거나
과하게 화를 내는 운동선수들의 마음을 이해한다.
진심일수록 조바심을 내는 것은 자연스러운 일이고
누구에게나 양보가 안 되는 것은 있기 마련이니까.

이웃이 늘어간다

일하면서 타협하지 않는 것이 몇 개 있다.

절대 나쁜 영향을 미치는 콘텐츠는 만들지 말자는 것과

입을 가볍게 놀려서 상처 주지 말자는 다짐 같은 것들.

광고 콘텐츠도 그렇다.

돈을 받고 하는 일이다 보니 엄격해질 수밖에 없다.

돈을 준다고 해서 아무 광고나 턱턱 받기보단

내 채널의 색깔과 맞는지를 확인하고

확실한 효과를 보여줄 수 있는지 등을 고민하는 거다.

하지만 그렇게 온갖 사항들을 철저히 고려한다고 해도
어쩔 수 없이 종종 예상치 못한 일들이 일어나곤 한다.
촬영 준비까지 마쳤는데 갑자기 취소 통보를 받는다거나
도저히 이해할 수 없는 무리한 멘트를 요구받기도 한다.

그렇게 안 좋은 상황도 벌어지지만, 감사한 순간도 있다.
개인 점포를 하시는 사장님들께서 몇 달이나 돈을 모아서
광고를 제안하실 때마다 나는 몸 둘 바를 모르게 된다.
심지어 원래는 한참 전에 광고를 제안하셨었지만,
어머님께서 편찮으신 바람에 광고 예산을 병원비로 쓰고
다시 몇 달 동안 열심히 돈을 모으신 뒤에
"저희 돈 다시 모았어요!"라고 말씀하실 때는
뭉클하는 것을 넘어서 울컥 눈물이 올라오기까지 했다.
왜 이렇게까지 내 채널에 진심이신 걸까 싶어서.

그럴 때마다 무안한 책임감이 생기고
하시는 일이 전부 잘 됐으면 좋겠다고 생각한다.
하나라도 더 챙겨드리고 싶고 내 다른 영상들보다
훨씬 더 많은 조회수가 생겼으면 좋겠다고 생각한다.

먹어봤을 때 맛있다고 생각하는 곳만 광고를 하다 보니
곳곳에 광고 점포로만 맛집 지도를 그릴 수 있게 됐다.
그리고 그 주변을 지날 때면 늘 잘 됐으면 하는 마음으로
일부러 그 가게를 찾아서 밥을 먹고 가곤 한다.
느끼실지는 모르지만, 내 작은 응원인 셈이다.

오늘도 어쩌다 광고한 가게가 있는 동네를 지난다.
지나가는 김에 그 집에서 맛있게 밥 먹고 가야겠다.

무
한
도
전

———

무한도전은 단순한 레전드 예능을 넘어서
내 어린 시절 그 자체라고 할 수 있다.
어린 시절 내내 그것만 보고 살았으니까.

한때 엠비씨 에브리원이라는 채널에서 24시간 내내
무한도전만 틀어줬던 때가 있었다. 그리고 내가 어렸을 때
우리 집에는 케이블 TV가 나오지 않았었는데, 어째선지
이상하게 그 채널만 전파가 잡혔기에 나는 심심할 때마다

무한도전만 보기 시작했던 거다.

그렇게 한 프로그램을 계속 돌려보다 보니
자연스레 즐기는 수준을 넘어 분석을 하기 시작했다.
어쩌다 보니 초등학생 주제에 영상을 공부하게 된 거다.
'이때 끊으면 재밌네.' '저쪽에서 등장하면 어땠을까?'
그렇게 나름대로 혼잣말도 하면서 말이다.

지금 생각해보면 그야말로 운명적인 만남이었다.
그 시간으로부터 모든 것이 시작되었고
결국 나는 영상을 만드는 일을 하고 있으니까.

좋아하는 것을 알게 되는 것.
나도 몰랐던 내 취향을 발견하게 되는 것.
운명적인 만남 같은 것들은 그렇게
가만히 있는데도 알아서 찾아오기도 하는 것 같다.

결과가 필요할 때

진로는 정했으나 주변의 반대로 힘들어하는 팬들이 있다.
주로 부모님의 반대로 하고 싶은 일을 못 하는 건데
조심스럽게 한마디를 보태보자면, 스무 살 때까진
고분고분 부모님 말씀을 듣는 게 맞다고 생각한다.
청소년 신분이니 잘못을 해도 부모님이 책임져주시는데
책임져주는 사람 말을 들어야 한다고 생각하는 거다.

나도 그랬다. 스무 살이 되기만 기다렸다.

스무 살이 됐다는 건 법적으로 어른이 됐다는 거고
무슨 일을 벌이든 내가 책임질 수 있으니까.

물론 스무 살이 된다고 해서 부모님의 생각이
하루아침에 바뀌는 일은 일어나지 않는다.
여전히 유튜브 제작에 관심을 두는 나를 말리셨고
좀 더 안정적인 직업을 갖기를 바라셨다.

하지만 나는 이 일이 너무나도 하고 싶었으므로
말로만 알겠다고 대답하고 몰래 채널을 키우기 시작했다.
그렇게 5만 구독자를 모았을 때쯤 어쩌다 아버지께서
내 채널의 존재를 알게 되셨고, 그 정도 규모가 될 때까지
열심히 했다는 사실을 보곤 이 일을 하는 것을 허락하셨다.

나는 정말 진심이라고, 열심히 하겠다고 말만 하기보단
가끔은 그렇게 결과로 보여주는 게 가장 깔끔하고
믿음을 줄 수 있는 방법이라고 생각한다.

영
화
처
럼

———

진정한 크리에이터는 어때야만 하는가를 자주 고민한다.

일단은 영상에 대한 자부심을 품어야 한다고 생각한다.
그리고 영상을 스토리가 있는 '작품'으로 여겨야 한다고도.

실제로 난 영상을 만들 때마다 매번 영화 만들듯이 한다.
기획과 대본을 일일이 신경 쓰고 정성을 쏟아 촬영한다.

그러다 보면 정말 내가 그럴듯한 영화감독이 돼서
한 편의 영화를 만든 것만 같아 기분이 이상해진다.
그리고 그 순간이 필름처럼 각인되어 엄청 오래 남는다.

그래서 가끔 생각해보는 거다.
이 감각을 삶에도 접목해보면 어떨까 하고.
나와 내 사람들의 매일을 영화처럼 여기면 어떨까 하고.

그러면 나는 배우처럼 잘생기지 않아도 주인공이 되고
특별한 일이 없었던 하루도 소중하게만 기억될 텐데.

기약 없는 설렘

비교적 자유롭게 움직이는 직업을 가졌다고 해서
정말로 하고 싶은 걸 다 하면서 살 수 있는 건 아니다.
예산의 한계나 법적인 문제와 같은
현실적인 벽에 부딪혀서 계획이 좌절될 때가 훨씬 많다.

그때마다 생각한다.
너무 욕심을 많이 부렸나? 하고.
역시 안 되는 건 안 되는 건가? 하고

하지만 나는 거기서 그치지 않고

'그래도 언젠간 다시 해봐야지'라고 생각하는 편인데

그러면 크리스마스 선물을 기다리는 아이의 마음이 된다.

언젠가의 미래 때문에 다시 끝없이 설레기 시작하는 거다.

꿈꾸는 일은 정말 꿈같은 이야기로만 남기도 하지만

한편으론 나를 소년으로 만들어주기도,

그래서 어디로든 달려갈 힘을 주기도 한다.

약
해
질

　　용
　　기

나이가 들수록 나 아프다고 말할 수 있거나
그건 좀 어려울 것 같다고 거절할 수 있는 사람
무섭다고 말할 수 있는 사람이 정말 강한 사람이라는
생각을 굉장히 많이 한다.

나를 보는 눈은 많아지지만
역설적으로 마음 털어놓을 곳은 점점 줄어들면서
약해지는 것에도 용기가 필요하다는 걸 깨닫기 때문이다.

사실은 너무 아픈데 끄떡없다고 거짓말하거나
곤란한 요청 앞에서도 알겠다고 대답하거나
무서운 것 앞에서 애써 버티는 일은
겉으로는 나를 강해 보이게 만들어주지만
사실은 나를 더 병들게 만드는 일이다.

그리고 정말 강한 사람은 외면이 아니라 내면이
단단한 사람이라는 것을 세상을 살면서 계속 깨닫고 있다.
그런 사람이 더 오래 그리고 멀리 갈 수 있다는 것도.

그러니 나도 모두에겐 아니더라도 또 자주는 아니더라도
필요할 땐 약한 모습도 보여주면서 살아가고 싶다.

당
신
께

부끄럽다는 이유로 미루고만 있었지만
그래도 꼭 한 번은 하고 싶었던 말이 있어요.

나를 바라보고 응원하고 있다는 사실이
절대 부끄럽지 않도록 정직하고 선하게
처음의 마음을 잃어버리지 않고 여기에 있을게요.

4부

하고 싶은 걸 해요

놓
치
지 　 말
　 　 자

바쁘게 살다 보면 좋은 점도 많지만 속상할 때도 많다.
그중 하나가 열심히 일하는 진짜 이유를 까먹을 때다.

내가 바쁘게 살기로 결심한 이유는 행복을 위해서였는데.
나와 내 주변 사람들이 더 자주 웃게 하는 거였는데.
다 잘 살자고, 더 행복해지자고 시작했던 일인데.
그러니까 이것과 딱 정반대로 사는 거였는데
바쁘다는 핑계를 대면서 그들에게 모진 말을 하거나

오히려 더 소홀해져 버린 것을 깨달았을 때.

이미 모두의 기분을 망쳐 버렸을 때도 있고
평소에 좀 잘하면 더 좋겠다는 생각도 들지만
그래도 조금씩이라도 더 나은 사람이 될 수 있게
가끔은 나 자신에게 이 일을 왜 하는지 왜 시작했었는지
물어봐 주는 습관을 들이고 싶다.

잘 살고 싶다.
내가 사랑하는 사람들과.
오래오래 행복하게.

하고 싶은 걸 해요

새벽 | 사람들

주로 새벽에 편집 작업을 하는 경우가 많다 보니
자연스레 새벽에는 소리에 민감해진다.
그러다 보면 아주 가끔 집 밖 복도로부터
발걸음 소리나 기침 소리가 들려올 때가 있다.

한낮이었으면 들리지도 않았을 소리가 유독 크게 들린다.
그러면서 밑도 끝도 없이 궁금해지기 시작한다.
무슨 일이 있어서 이 시간에 집을 나서는 걸까.

사람을 만나거나 놀러 나가는 사람도 있겠지만
보통은 일하러 가시는 거겠지. 그래. 꼭 나처럼.

새벽에 움직이는 사람들을 유독 더 응원하게 된다.
남들과는 다른 시간대에 다르게 움직이는 데에서
외로움을 느낄 것 같다는 생각도 들고
나와 함께 고생하고 있다는 동질감도 들기 때문이다.

열심히 일하는 우리는 언젠가는 다 잘될 거다.

마음의 기한

내가 나에게 인색한 편이라서 그런 건지는 모르겠지만,
나는 하는 일이 잘 풀리거나 기분 좋은 일이 생겼을 때
기분이 좋다가도 '겸손해야겠다. 자중하자.'라고 생각하며
감정을 누르는 편이다. 신나는 마음을 참을 수 없을 때도
'오늘까지만 행복해하자.'라고 말하면서
내 행복한 마음의 기한을 정해놓는다.

그런데 하루는 궁금해지더라.

왜 행복한 마음의 기한은 정해놓으면서
부정적인 마음의 기한은 정해놓지 않는 건가 하고.
왜 부정적인 감정은 이어지도록 내버려두는 건가 하고.

생각해보면 정말 그랬다.
불행한 마음은 기한을 두지 않고 계속 그곳에 뒀었다.
오히려 흐려지는 감정을 붙잡고 질질 끌어대면서
더 우울해지려 애썼던 날도 있었던 것 같다.

하지만 무엇이든 오래 고여 있으면 좋지 않은 법이니
이제는 부정적인 마음도 좀 기한을 정해둬야겠다.

그러니 오늘의 좌절감도 딱 밤까지만 갖고 있기로.
내일의 해가 뜨면 다시 훌훌 털고 일어나기로.

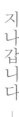

지
나
갑
니
다

발이 닿는 데까지 분주하게 다녀보니까
세상은 넓고 넓은 만큼 몰랐던 것들도 많더라고요.

이런 사람도 있었지만 다른 곳에는 저런 사람도 있었고요.
이런 일만 있는 줄 알았는데 저런 일도 있었답니다.

영원할 것 같았던 건 빠르게 사라지고
사라진 곳에는 또 다른 즐거운 사건이 나타났습니다.

그러니 너무 한 곳에 묶여 있지 말고
한 가지 생각에 머물러 있지도 마세요.

다 지나갈 테니까요.

선택은 ── 당신의 것

내 이야기를 세상에 알리는 것이 직업인 만큼
다른 사람들의 이야기에도 집중할 필요가 있으니
시간 날 때마다 서점에서 신간들을 둘러보는 편이다.

그러다 보면 가끔 그런 책을 만나게 될 때가 있다.
반느시 이렇게 살아야 한다고, 나처럼 살지 않으면
망해버리고 말 거라고 확신에 차서 말하는 책들 말이다.

그런 책들을 보면 다른 의미로 대단하다는 생각이 든다.
사람들의 삶은 다 다르고 가치를 두는 곳도 다를 텐데
어떻게 저렇게 확신에 차서 삶을 강요할 수 있는 거지?
자기가 성공을 거뒀다고 해서 너무 자신에 찬 게 아닌가?

그럴 때마다 나는 스스로에게 물어보곤 한다.
혹시 나도 비슷한 태도로 사람들을 대했던 적은 없었는지.
무조건 내 삶의 방식을 따르라고 권장하진 않았는지.
아니면 각자만의 삶의 방식이 있는 거라고 잘 말했었는지.

물론 나의 삶을 정말 행복한 삶이라고 생각하고
내 삶의 방식을 따라서 살기를 정말 원하는 사람에게는
'살아보니 이렇게 사는 것도 크게 나쁘진 않다'고
말해줄 순 있겠지만, 그래도 최후의 선택을 내릴 권한은
언제나 당신에게 있는 거라고 말해주고 싶다.

하지만 여러모로 고민해본 결과 도전적인 삶의 방식보단
안정적인 방향이 더 나을 거 같으면 그렇게 하라고도.

친동생의 경우가 그렇다. 동생은 분명 같은 부모님 아래에서
나와 그다지 차이가 크게 나지 않는 시기에 태어났는데

신기하게도 나와는 거의 모든 부분이 다르다.
새로운 것을 찾는 일에 몰두하는 나와는 다르게
익숙한 것에 파고드는 일을 더 잘하는 체질이고
도전적인 것보다는 안정적인 것을 선호한다.

그렇게 나와는 거의 정반대의 성향인 동생에게
어떻게 나의 행복관이나 성공관을 주입시킬 수 있겠는가.
당장은 형이 하는 말이니 알겠다고 대답해 줄지는 몰라도
아마 돌아서고 나면 얼른 잊어버리고 말 것이다.

피를 나눈 형제도 이렇게나 다른데 남남은 오죽할까.
그런 의미에서 나는 조언은 말 그대로 도움을 주는
똑똑한 사람의 참견 정도로만 여기고
결국 결정은 본인이 해야만 한다고 생각한다.

남의 이야기로부터 도움을 얻는 것까지는 좋지만
삶의 통제권을 남에게 맡기다시피 해선 안 된다는 말이다.

결국 당신의 삶이다.
그 삶을 어떤 엔딩으로 완성시킬지는
모두 당신에게 달려 있다.

내
철
학

———

처음엔 나 좋자고 시작한 일이었다.

이런 사람도 있고 이런 사람이 찾아가는 이런 공간도 있다.
그런 모습들을 보여주는 데에만 신경을 쓰곤 했다.
그러다 영상 한두 개가 큰 사랑을 받으면 그걸로 좋았고
솔직히 그 이후로 그 영상이 주변에 끼치는 영향 같은 건
생각하려고 하지 않았던 적도 몇 번은 있었다.

하지만 가끔씩, 댓글을 통해
'독고독님 보고 저도 급발진해서 여기 다녀왔어요.'
라고 말하는 사람이 한두 명씩 생기기 시작했고, 그때마다
나는 뿌듯함을 느끼는 동시에 책임감도 함께 품기 시작했다.

그때 처음 깨달았던 거다.
날 보고 영향받는 사람이 있네? 하고.
똑바로 살고 똑바로 굴어야겠다고.

이제는 영상 촬영을 위해 먹은 음식이 맛이 없거나
그다지 추천할 만큼 특색있지 않다는 생각이 들면
아무리 고생해서 찍은 영상이라고 하더라도
그냥 안 올리고 말 때가 많다.
나라도 책임감 있게 움직여야지
그저 아무 생각도 없이 할 말 못 할 말 다 하다가
혹시라도 피해를 입는 구독자분이나 점주님이 계시면
그것보다 큰 문제는 또 없기 때문이다.
차라리 그 알량한 조회수 따위 포기하는 게 낫지.

물론 내가 아닌 어떤 사람들은 맛이 없는 경우
직설적으로 맛없다고 말하며 영상을 게시하기도 하지만

나는 그게 안 되는 사람이다. 내 성격이 그렇다.
나의 그런 평가가 누구에게라도 해를 끼치면
내 마음이 오랫동안 편치 않을 것 같다.

앞으로도 나의 이런 철학은 바뀌지 않을 것 같다
나는 다 함께 행복할 수 있는 방향이 좋으니까.
한두 명만 잘사는 방향보다.

3
0
0
만
원

이제는 여러 번 해명해서 어느 정도 풀린 오해이지만
나를 정말로 부잣집 도련님으로 아는 사람이 많다.
하지만 나는 평범한 맞벌이 집안에서 태어난 청년으로
오히려 스무 살이 넘어서는 부모님께 단 한 번도
손을 벌린 적이 없다.

맨 처음 개인 방송을 시작할 때도 그랬다.
방송을 하려면 카메라나 노트북처럼 아주 기본적인

장비 정도는 사놓을 필요가 있었는데, 당시 내게는
중고 노트북을 살 돈도 없었고 갖고 있는 카메라도
고작 핸드폰 카메라가 전부였다.

마침 방송을 하고 싶어 다른 일들을 그만둔 참이었기에
딱 하나 남은 아르바이트로 벌고 있는 한 달 수입은
한 달에 고작 30만 원이었다. 답이 보이지 않았다.

그래서 손을 떨어가며 알아본 것이 바로
300만 원짜리 마이너스통장 비상금 대출이었다.
정말 말 그대로 손이 떨렸다. 한 달 수입이 30만 원인데
300만 원짜리 대출을 받다니. 물론 누군가에게는
별것 아닐 액수, 나도 엄청 크게 생각하진 않는 액수지만,
당시엔 그 돈이 너무 크게 보였다. 이 돈으로 장비를 사서
방송을 시작한다 해도 잘될 거라는 보장도 없었고 말이다.

그렇게 장비들을 구하고 이것저것 공부하면서
영상을 만들기 시작했다. 그리고 하나씩 영상을 만들어서
게시할 때마다 부족했던 부분이나 개선하면 좋을 것들을
체크하면서 점점 더 나은 결과물을 만들려고 애썼다.

그러다 보니 아주 천천히 결과가 나오기 시작했다.

이 사람 재밌다는 댓글이 한두 개씩 달리기 시작했고

한 번도 보지 못했던 숫자가 적혀 있는 조회수를 봤을 땐

소름이 돋기도 했다. 결국 감사하게도 오래 지나지 않아

그 비상금 대출을 상환할 수 있었고, 그 경험은 내게

앞으로도 치밀하게 준비하고 분주히 움직이기만 하면

뭐든 해낼 수 있겠다는 자신감의 데이터베이스가 되어

지금까지도 내 마음속에 오래오래 남아 있다.

이 글을 읽는 당신도

예측 가능한 범위 안에서 안전하게만 움직이기보단

새로운 영역에 뛰어드는 일을 한 번쯤 해봤으면 좋겠다.

꼭 대출을 받는다거나 하는 무모한 모험까진 아니더라도

그렇게 내가 만들어낸 성과를 목격하는 짜릿한 경험을

부디 한 번쯤은 해보았으면 좋겠다.

어쩌면 그 경험 한 번이

내 인생을 통째로 바꿔버릴지도 모를 일이니까.

하
고
싶
은
걸

해
요

내가 갖고 있는 물건이 꼭 장난감 같이 생겼는지
멀찌감치 서서 바라보고만 있는 꼬마에게
그것을 선뜻 내밀며 구경해보라고 말한다.

또 도대체 어떤 냄새가 끌린 건지는 모르겠지만
산책하다 멈춰서 정신없이 코를 킁킁대는 강아지에게
최대한 차분한 목소리로 있고 싶은 만큼 있으라고
응원해 주듯이 말한다.

'저곳에 가보면 분명 행복할 것 같은데.'
'별건 아니더라도 내 기분이 좋아질 것 같은데.'

그런 예감을 주는 일들 앞에서는 나도 마찬가지로
내 고삐를 풀어주면서 힘껏 스스로의 등을 밀어준다.
하고 싶은 걸 했을 때 느낄 수 있는
최고로 개운한 행복감을 너무나도 잘 알아서 그런다.

하고 싶은 걸 하면서 살고 싶다.
그 말은 나에게 지금껏 그랬듯 언제까지나
행복하게 살고 싶다는 뜻과 같은 뜻으로 통할 것이다.

관심의 공동체

같은 것을 좋아하고
같은 부분에서 감동하고
같은 생각을 하는 사람들이 모였을 때
만들어지는 힘이 분명히 있다고 생각한다.

나의 힘듦을 얼굴도 모르는 사람이 알아주고 안아주는 일,
같은 것을 보면서 오늘도 고생이 많았을 서로를 응원하고
위로해 주는 일은 소름이 돋을 만큼 강하고 대단한 일이다.

그리고 그게 내가 잠을 아껴가면서 일하는 이유다.

나 같은 사람들에게 힘을 주고 싶어서.
나 같은 사람들이 모여 있는 것을 보고
이쪽에서도 좀 힘을 받고 싶어서.

초등학생 시절 — 독고독

15초 남짓한 시간 동안
나를 똑 닮은 꼬마 아이 한 명이
아무 말도 없이 카메라를 응시하고 있다.

초등학생이었던 내가
당시에 무슨 생각을 했었는지
왜 아무 말도 없이 맹하게 렌즈를 쳐다보고 있었는지
이제는 제대로 기억나지 않는다.

하지만 그때의 햇볕과 냄새
타고 있던 차의 흔들림까지
그 순간으로 나를 아주 잠시나마 데려다주는
짧은 영상 한 편이 고맙기만 하다.

아마 오늘의 기록도 십 년 뒤엔 추억이 되어
종종 그때의 나에 의해서 재생되겠지.

기록하는 일, 간직하는 일은
역시 멋진 일이다.

캐
릭
터

―

큰 키에 밝은색의 긴 머리.
특유의 걸음걸이와 늘 주변을 두리번거리는 버릇까지.

나만의 캐릭터가 만들어진다는 건 기쁜 일이에요.
당신이 아주 먼 곳에서도 나를 알아볼 수 있을 테니까요.

하고 싶은 걸 해요

혼자가 아니다

누구에게나 혼자서는 잘 해내지 못할 때가
반드시 한 번은 있음을 여실히 깨닫는 요즘이다.

옛날에는 혼자서 다니고 혼자서 콘텐츠를 만드는 것도
어찌어찌 잘 해내긴 했지만, 영상의 구도가 다양해지고
담는 내용이 많아질수록, 활동하는 영역이 넓어질수록
혼자서는 그 일들을 차마 다 감당할 수가 없게 된 거다.

그때 나를 구원해 주는 사람들이 바로 내 동료들이다.

혼자서는 담지 못할 내 모습을 최대한 예쁘게 담아주고
함께 재밌는 아이템과 장소를 찾아주는 동료들이 없었다면
아마 나는 진즉 지쳐서 지금까지 오지 못했을 것이다.

그러니 나만 삶이 너무 안 풀리고 있는 것 같고
숨 쉬는 일조차 어려운 것만 같다면
한 번쯤은 주변을 둘러보는 것도 좋다고 생각한다.

혼자서 너무 많은 것을 짊어지려 하고 있었던 건 아닌지.
나를 도와줄 사람이 아주 가까운 곳에 있지는 않은지를.
나를 아끼는 사람, 내 한마디면 언제라도
나를 도와주려 드는 사람이 반드시 한 명은 있을 것이다.

별거 아닌 ─── 행복

촬영 목적이 아닌 오래전부터 정말로 먹고 싶었던 음식을
가까운 사람들과 배불리 먹고 나면
'진짜 행복 별거 아니네'라는 말이 절로 나온다.
춥지도 덥지도 않은 날에 강아지와 산책을 하다 보면
나도 모르게 날씨 끝내준다고 혼잣말을 할 때도 있다.
정신없는 하루를 끝마치고 따뜻한 물로 샤워를 하다 보면
이대로 시간이 멈춰버렸으면 좋겠다는 생각마저 든다.

행복은 그렇게 어디 멀리에 있는 것이 아니다.
그리고 행복해지는 방법을 공부할 필요도 없다.
우리는 이미 행복을 누릴 수 있는 능력을 갖고 태어났다.

그저 일상 속 작은 기쁨들을 발견하고 마음을 돌아보며
지금 이 순간에 감사하는 마음을 가지면 되는 일이다.

오늘도 우리가 숨 쉬고 서로 아껴주고
웃을 수 있다는 것만으로도
이미 큰 축복을 받은 것임을 잊지 말아야지.

감
독
판

———

영화 보는 일을 좋아하다 보니
똑같은 영화를 돌려보는 일도 잦다.
좋아하는 감독의 작품이라서. 그게 아니면 영화에서 쓰인
음악이 좋아서 등등. 작품을 좋아하는 이유도 다양하다.

아무튼 그렇게 영화에 애정을 쏟고 그것을 돌려보다 보면
가끔 '감독판'이라는 것을 만나볼 수 있었는데,
감독판이라는 것의 정확한 정의가 궁금해 검색해보니

영화가 극장에서 개봉한 극장판이 아니라 영화제 출품이나
DVD, 블루레이 등으로 나올 때 감독의 의도대로
재편집한 버전을 말한다고 한다.

그렇게 해서 처음 재생해본 감독판이었다.
이미 극장판은 대사를 외울 정도로 닳고 닳도록 봤으니
혹시라도 많은 부분이 달라졌을까 싶어서.

조금 놀라웠다.
어떤 감독판은 생략됐던 몇 줄의 대사만 되살릴 정도로
큰 차이가 없었지만, 어떤 작품의 감독판은 아예 결말을
틀어버릴 정도로 드라마틱한 차이점을 보이고 있었다.

물론 관객이 쉽게 수긍하지 못할 결말인 경우가 많았지만
그래도 나는 그런 감독판들을 보면서 감독의 어떤
뚝심 같은 것들을 느낄 수 있었다. 관객의 평가가 어떻든
나의 의도는 이렇게 따로 있었으니까, 사실 나는
이런 식으로 작품을 완성시키고 싶었다, 고 말하는
일종의 고백처럼 느껴졌기 때문이다.

한 사람의 인생이 만약 한 편의 영화와 같은 거라면

그 영화의 감독은 바로 내 삶의 주인인 나일 것이다.
그리고 우리 모두는 사람들의 기대와 참견을 들어가며
극장판 같은 삶을 완성시키고 있을지도 모른다.

하지만 나는 나만의 감독판을 만들고 싶다.
결말이 어떻게 달라지고 남들이 그 결말을 어떻게
받아들이는지와는 상관없이 나만의 방식대로
내 삶을 끌고 가고 싶다. 흥행하진 못할지라도
그런 방식으로 행복하고 싶다.
이건 내 삶에 관한 일종의 고백이다.

나와는 ── 상관없는 사람들

만나는 모든 사람과 잘 지낼 수는 없다.
나와 그 사람 사이에 웃음소리와 편안한 대화만
오가는 관계가 있는 만큼 그렇지 못한 관계도 많다.

물론 사람 사이엔 어쩔 수 없이 차이점이 있으므로
다른 점이 있다고 해도 그와 대화를 시도하기도 한다.
다른 부분이 있는 만큼 닮은 부분이 있을 수도 있고
차이를 좁힐 순 없지만 멋진 부분이 있을 수 있으니까.

하지만 아무리 열린 마음으로 이야기를 나눠봐도
절대 나와는 맞지 않겠다는 확신이 드는 사람도 있다.
숨 쉴 때마다 무례한 말과 행동들이 쏟아지고
나 같은 사람들의 생활 방식을 이해하려 들지 않는다.

처음에는 그런대로 참을 수도 있고
그 사람이 주는 좋은 영향도 열 번 중 한 번은
있을 수 있으니 그대로 곁에 두기도 하지만
그런 사람들은 결국 내게 큰 상처를 주거나
내 주변 환경까지 물들여서
정신을 차리고 주변을 둘러보면
내가 내가 아니게 돼버리는 경우가 많았다.

그래서 언젠가부터 내가
그런 사람들 앞에서 떠올리는 것이 바로
'이런 사람도 있다'라는 한마디다.
저런 사람도 있을 수 있겠구나.
애초에 나는 모두를 이해할 순 없는 사람이고
앞으로도 이런 사람은 이해하지 못할 것 같으니
이 사람을 미워할 필요도 불쾌해할 필요도 없이
그저 깔끔히 인정하고

굳이 함께하려고 애쓰지 않으면 되겠구나.
그렇게 생각하게 되는 것이다.

그러면 많은 것으로부터 자유로워진다.
관계를 이끌어가야 한다는 막연한 책임감과
꾹꾹 참으려고 애쓰고 있었던 불쾌한 마음으로부터
한순간에 해방되는 느낌이 들고는 한다.
누군가에게 빼앗겼던 내 소중한 시간을
돌려받는 기분을 느끼는 것은 덤이다.

이런 사람도 있고 저런 사람도 있는 것처럼
세상에는 참 다양한 사람이 있다.

나 같은 사람도 있지만
나 같지 않은 사람도 많다.
그리고 나 같지 않은 사람을
모두 안고 가려고 했었던 것이
사실은 욕심이었던 것을 깨닫는 나날이다.

이제는 모든 사람을 이해하려 들지 않기로 한다.
누구를 만나 어떤 관계를 만들어가든

내 마음이 가장 중요하다는 것은
절대 변하지 않을 테니까.

스스로 — 자랑스럽게

사람들이 말하는 나에 관해 듣거나
거울 속에 있는 내 모습을 볼 땐
정말 나도 나의 겉모습에 깜빡 속는다.
무한대로 자신감을 느끼고 서 있는 모습도 당당한
그런 사람이 된 것만 같기 때문이다.

하시만 정말 속임수일 뿐.
거울 안에 있는 나는 내가 아닐 때가 많다.

커다란 건물의 뒤에는 그만큼

커다란 그림자가 생기는 것처럼

당당하고 자신감 있어 보이는 나에게도

그만큼의 소심함이나 두려움이 크게 드리워져 있다.

그렇게 두려움이 엄습하는 날

그래서 어떤 것도 자신 있게 해내지 못하는 날에는

내 지난날의 성과들을 본다.

지난 날의 내가 해냈던 것들과 그것을 보고 건네는

사람들의 칭찬 또는 축하의 말 같은 것들을 들여다본다.

물론 사람들은 말한다.

과거에 매몰되어 있는 것은 좋지 않다고.

스스로에게 취해 있는 시간은 전혀 건설적이지 않고

오히려 나를 병들게 만들 뿐이라고.

어떤 것이 걱정되어 건네는 말인지 나도 잘 알지만

그래도 내가 지난 날의 흔적을 찾는 이유는

그들 말처럼 과거에 취해 있는 것이 아니라

그 시간들이 일일이 나 스스로에 대한 자부심으로 남고

내게 무한한 자신감을 심어 주기 때문이다.

지금도 이때처럼, 어쩌면 이때보다 더 피곤하고
힘들고 초라하고 걱정이 많았는데 결국 이렇게 해냈잖아.
이렇게나 좋은 일들을 해냈잖아. 사람들도 사랑해 주잖아.
그렇게 스스로에게 말해주는 시간과 기회가
이럴 때가 아니고서는 좀처럼 없기 때문이다.

그러면 한 걸음이라도 더 앞으로 나갈 수 있게 되고
한 번이라도 더 웃을 수 있게 된다.
한 번만 더 해보자고 말하고는 대본을 쓰게 된다.
나는 이런 순간들을 겪을 때마다
내가 나로부터 응원을 받는 느낌을 받는다.

사람들이 응원해 주지 않는다면
또 사람들의 응원만으로는 부족하다면
그렇게 내가 나를 응원해 주고 자랑스러워해 줘야 한다.

충분히 자랑스러운 당신이다.

진정한

위
로

신기하게도 내 마음에 큰 여운을 남기는 댓글은
다른 것들보다 먼저 내 눈에 확 띄곤 한다.

그날 만난 댓글도 그랬다.
영상 안에 있는 나는 그저 평소와 똑같이
촬영 장소에 가서 그곳을 둘러보고만 있었을 뿐인데
많은 댓글 중 한 댓글만 다른 분위기를 뿜고 있었던 거다.
잘 읽어보니 댓글을 남긴 사람이 말하기를

마침 그곳이 자신과 특별한 추억이 있었던 사람
하지만 이제는 함께하지 못하게 된 사람과
자주 거닐었던 거리라는 말
그 사람이 많이 그리워서 사는 게 힘들 정도였는데
자신 대신 그 길을 걸어주고 추억을 선물해 줘서
진심으로 감사하다는 것이었다.

물론 나의 의도는 재밌는 영상을 만드는 것이었지
그 사람을 위로하려는 건 아니었지만
진심으로 고마워하는 그분의 댓글을 보면서
위로라는 것은 그 사람에게 필요한 일을
그 사람이 필요로 할 때 해주는 것이겠구나.
그런 생각을 했다.

다른 사람들이 다 좋다고 하는 것이
누군가에게는 전혀 필요하지 않을 수도 있고
다른 사람들은 아무것도 아니라고 생각하는 것이
누군가에게는 절실하게 필요했던 것
더없이 소중한 위로로 다가올 수도 있는 거라고.

정말 따뜻하고 다정한 위로는

하고 싶은 걸 해요

바로 그런 것이 아닐까 하고.

그러니까 그 사람을 진정으로 위로하기 위해선
그 사람의 마음이 어떤지를 항상 정성을 들여 파악하고
그 사람에게 위로가 필요하다고 판단될 때
딱 맞는 것을 줘야 하는 것이라고.

그렇게 생각해보면
세상에 위로만큼 쉽고 가벼운 건 없다고 생각되다가도
위로만큼 어렵고 정성이 들어가는 일도 없는 것 같다.

인생은 ─ 공부

초등학교에서 대학교까지 가릴 것 없이
학생들은 좋은 성적을 받기 위해 안간힘쓰고
텔레비전을 틀면 나오는 예능 프로그램에서도
가수든 춤추는 사람이든 순위를 매기고 있다.

그만큼이나 요즘 사람들은
순위나 성적과 같은 것에 얽혀서
모든 일에 죽자고 달려들기만 하고 있다.

하고 싶은 걸 해요

하지만 생각한다.

저렇게까지 성적에 너무 많이 얽혀 있을 필요가 있나?

잘 알지도 못하는 내가 봐도 힘들어 보이는데

저렇게 지내도 정말 괜찮은 걸까? 하고.

물론 나도 한때는 모두가 칭찬할 정도로

좋은 성적을 받는 학생이기도 했고

지금 내가 하는 일이 좋은 성적을 받게 되면

크게 기뻐하기도 하는 사람이지만

그렇다고 해서 그 성적이라는 것을 모든 것의 위에

두고 지내오지는 않았던 것 같다.

그래서 오늘은 나 자신과 내 주변 사람들

그리고 나를 아는 모든 사람들에게

응원과 위로의 마음을 건네볼까 한다.

그래서 정말 당신이 원하는 것, 당신에게 필요한 것이

무엇인지를 생각해보는 시간이 생겼으면 한다.

열심히 달리다 보면 어쩔 수 없이

과정보다는 결과를 생각하게 되고

즐기려던 마음은 온데간데없이 사라지고

완벽하게 하고자 하는 마음만 남는다.

공부라는 말이 가장 잘 어울리는
학생들의 경우에도 마찬가지다.

하지만 공부라는 것이 무엇인가.
학생이라는 신분은 또 어떤 신분인가.

모르는 것을 알아가는 과정임과 동시에
나는 어떤 사람인지를 단단하게 굳혀가는 과정 아닌가?
실패해보고 부딪쳐보는 사람들 보고
우리는 학생이라고 부르는 게 아니었나?

그러니까 배우고 있는 것이 잘 풀리지 않고
훌륭한 성과를 거두지 않는다고 해서
극도로 예민해질 필요까진 없는 일 아닐까?
그러는 동안에 놓치고 있는
정말 소중한 가치들도 분명 있지 않을까?

실제로 나 역시 그런 가치들을 생각하다가
나만의 길을 가기로 결심하고

지금은 무척 행복한 사람으로 지내고 있으니까.

결과만큼이나 과정도 사랑하는 사람
꼭 일등이 아니어도 나의 노력에 박수쳐주는 사람으로
삶을 꽉꽉 채워서 살아가고 있으니까 말이다.

학교를 졸업했다고 해도 우리는 모두
인생 앞에서 학생의 신분이다.
끝없이 무언가를 궁금해하고 배우고
실수와 실패를 일삼기도 한다.

그리고 그래도 된다.
실패해도 좋고 실수해도 좋고 못 해도 좋다.
다음 기회는 어떻게든 언제든 다시 올 테니
그때 다시 부딪혀보면 된다.

삶이라는 건 커다란 공부니까
우리는 죽을 때까지 학생의 마음으로만 살아가자.
즐겁게 또 설레게.

예쁘게 | 보는 시선

"저번부터 느꼈던 거지만 이 사람은
참 음식도 예쁘게 기분 좋게 먹는다."

묘한 칭찬이다.
정말로 묘한 칭찬이라서
나는 묘하게 기분이 좋아진다.
예쁘게 먹는다는 칭찬이 있었던가 생각하며
한동안 고개를 갸우뚱거리기도 한다.

하고 싶은 길 해요

가끔 그런 이상한 칭찬을 만난다.
꼭 내가 듣는 칭찬이 아니더라도
귀를 기울이면 그런 독특한 칭찬들이 세상에는 많다.

예를 들면
'우리 자기는 걷기도 예쁘게 걷네.'라든지
'어쩌면 그렇게 생각이 귀여울 수 있어?' 같은
엉뚱할 정도로 참신한 칭찬들.

당사자는 그냥 먹고 걷고 숨 쉴 뿐인데
그것을 예쁘게 여겨주는 칭찬들.

나는 그런 칭찬이 크고 화려한 칭찬보다
훨씬 더 어렵다고 생각하는 사람인데
그 이유는 그런 칭찬이야말로
애정이 있어야만 생각해 내고 건넬 수 있기 때문이다.

그 사람을 향한 애정이 가득해서
아주 흔한 행동을 하고 있어도 그것이 예쁘게 보이기에
나만의 단어들을 조합해서 칭찬해 마지않는 것이다.

다음에는 나도

그저 걷고 있고 숨 쉬고 있고 먹고 있을 뿐인

내가 애정하는 사람들에게

조금 엉뚱한 칭찬을 건네보기도 해야겠다.

하고 싶은 걸 해요

공허함

내 주변엔 시도 때도 없이 우울해하는 사람들이나
자주 공허해하는 사람들이 많은 것 같다.
잠자리에 들기 전에 그들의 그런 감정을 듣고
이런저런 진솔한 이야기를 나눈 날이 많았다.

하루는 그렇게 통화를 마치고 눈을 감았는데
과연 공허한 감정은 어디서 오는지가 궁금해졌다.
나도 새벽에 편집을 하다 보면 미칠 듯이 우울해지거나

저 깊은 곳에서 공허한 감정이 올라오는 경우가 있는데
주로 언제 그랬나 생각해 보니 너무 반복되는 일상에서
새로운 자극이 없을 때 오는 것 같다는 결론이 나왔다.

물론 거창한 자극은 아니다.
내 경우 편집을 할 때 항상 유튜브 영상을 틀어 놓고
그 영상들이 내는 소리를 들으면서 하는 편인데
그렇게 계속 새로운 무언가를 들으면서 편집하다가
너무 작업을 오래 해서 더는 틀어둘 영상이 없을 때
알고리즘 창을 내리고 내려도 우울한 뉴스만 있을 때
바로 그때 공허함이 크게 오는 것 같다.

이 생각을 갖고 친구들의 일상과 공허함을 떠올리며
하나하나 그 이야기들을 조합해 보니 정말 맞는 것 같다.
그들은 전부 항상 반복되는 일상을 지내고 있었다.
기상, 출근, 퇴근. 퇴근 후에는 항상 같은 게임을 하고
그러다가 두 시가 되면 잠에 들고는 하는데
좋아하는 게임을 하고 자는데도 그렇게 우울하다는 거다.
내 생각엔 게임 역시 하나의 루틴이 되어
반복적 삶의 일부가 되다 보니 공허해진 게 아닐까 싶다.

그러니 게임에 비유하자면, 이벤트 같은 게 필요하달까.
가끔 게임에서 이벤트를 한다고 하면 모든 사람들이
엄청 신나서 게임에 몰두하는 것을 볼 수 있다.
그런 가끔 있는 이벤트처럼 반복되는 우리 일상에도
특별한 이벤트가 필요하다고 생각하게 되는 거다.

정말 거창한 자극이 아니어도 된다.
다이소에서 뜨개질 키트를 사서 뜨개질을 하든가
보석 십자수를 하든가 아니면 책을 사서 읽거나
외국어 공부를 시작하는 것처럼 말이다.

금방 질려서 포기해도 상관없겠다.
반복되는 일상에서 작지만 새로운 자극을 찾았다는 것.
그게 중요한 거니까.

오늘은 ──── 행복하기로 해봤어요

"오-늘은!"

영상이 시작될 때마다 오프닝 멘트처럼
매번 뱉는 말이다. 이번 콘텐츠의 주제를
깔끔하게 정리해 주는 말이 되기도 하고
특유의 말투 덕분에 나를 알게 된 분도 많아졌으니
여러모로 고마운 멘트가 아닐 수 없다.

그런 내 말투를 듣고 중독됐다고 말씀하시는 분이 많고
부끄럽지만 성대모사를 하는 분도 있는 걸로 알고 있다.

처음에는 그게 창피하기만 했지만 다르게 생각하게 된 게
그만큼 내 말투가 뇌리에 남는다는 뜻 아닐까 싶은 거다.

그러면 내 '오늘은'이라는 말에 내가 생각하는 것보다
더 크고 무거운 무게가 실려 있다는 말인데,
나는 이 목소리와 단어들로 무슨 말을 하는 게 좋을까.
아무래도 부정적인 이야기보단 행복한 말을 전하는 게
모두에게 좋지 않을까, 매번 고민해도 똑같은 답만 나온다.

그러므로 오늘은 쑥스러움을 무릅쓰고
당신을 향해 크게 외쳐볼까 한다.
오늘은, 행복하기로 해봤어요, 라고.

오늘은 행복하기로 해봤어요

ⓒ 독고독(이준혁) 에세이
초판 1쇄 발행 • 2024년 11월 26일

지은이 • 독고독(이준혁)
책임편집 • 오휘명
마케팅 • 박근호 강진석 임예은
디자인 • 유서희
펴낸곳 • 도서출판 히읗
출판등록 • 2020년 4월 28일 제 2020-000109호
제작처 • 책과 6펜스
전자우편 • heeeutbooks@naver.com

ISBN • 979-11-92559-90-2(03810)

*이 책의 판권은 저자와 히읗에 있습니다.
*이 책 내용의 전부 또는 일부를 재사용하려면 반드시 양측의 동의를 받아야 합니다.